KB050237

지상에 남은 술잔

시작시인선 0297 지상에 남은 술잔

1판 1쇄 펴낸날 2019년 7월 12일
지은이 김익두
펴낸이 이재무
책임편집 박은정
편집디자인 민성돈, 장덕진
펴낸곳 (주)천년의시작
등록번호 제301-2012-033호
등록일자 2006년 1월 10일
주소 (03132) 서울시 종로구 삼일대로32길 36 운현신화타워 502호
전화 02-723-8668
팩스 02-723-8630
홈페이지 www.poempoem.com
이메일 poemsijak@hanmail.net

ISBN 978-89-6021-436-1 04810
     978-89-6021-069-1 04810(세트)

값 10,000원

지상에 남은 술잔

김익두

천년의 시작

시인의 말

이번에 다섯 번째 시집을 낸다. 남모를 감회가 있다.

시집을 정리하다 문득, '세상에 남은 인연'이란 제목이 떠올랐다. 왜 이런 생각이 났을까. 세상의 인연으로부터 그만큼 더 벗어나 세상을 보게 된 것은 아닐까.

보통 길이의 서정시 외에, 짤막한 단시, 그리고 긴 산문시가 많이 늘어났다. 그만큼 세상을 다양하게 볼 수 있게 된 것인가. 우리의 소중한 아픔들도 이젠 꽤 잘 보인다.

이제, 이런 시들을 통해서 늘상 일상처럼 세상을 느끼고 표현하고, 보잘것없는 내 작은 삶이나마 스스로 시라는 장으로 갈무리하는 나날들에, 나름대로 행복한 보람을 느낀다. 남들이 보아주지 않는다 해도.

또한, 이번 시집에서는 골수에 사무친 체험들이 제 말길을 따라 자연스럽게 시의 장으로 나오도록, 몸에 배인 체험의 몸말들을 그대로 사용하였다. 그러다 보니, 온갖 방언들도 자연스레 밀물져 나오게 되었다.

시집을 정리하고 난 뒤, 지난 여름 비 오는 여름날 구시포 바닷가에서 만난 김대곤 시인이 '세상에 남은 인연'보다는 '지상에 남은 술잔'이 더 낫겠다 해서, 시집 제목을 그렇게 하기로 했다. 이것도 내게 이 세상에 남은 소중한 인연이 아닌가 한다.

표사를 얹어주신 이병천 선배님, 윤효 형, 서홍관 형, 그리고 해설을 써주신 호병탁 형님께, 오랜 인연의 부끄러운 감사를 올린다.

단기 4352년/2019년 칠월
김익두 삼가.

차 례

시인의 말

제1부

해 설

9

일러두기

이 책의 본문 가운데 일부는 저자의 뜻에 따라 현행 한글맞춤법 및 본 출판
사의 표기 원칙과 다르게 표기했음을 미리 알립니다.

제1부

막국수
―11월

절골 외딴집
마지막 생일잔치가 끝난 뒤,

내가 사랑했던 그 한 사람마저
앞개울 건너,
저 외진 굴참나무 서낭당
굽잇길을 돌아 나간
뒤,

텅 비인 시간
텅 비인
마음,

아직 버들채반에 조금 남은 막국수를
남은 동치미 국물에 말아
혼자서 비우는,

이 쓸쓸하고 담담한 눈발 속
고향 막국수
한
그릇.

살쾡이가 잡히다
—사춘기

술 마시고 담배 피우다 들켜 정학 맞아
남녀공학 그 학교
여자애들 교사 앞 풀 뽑기 못 하겠다,
그냥 자퇴해 버리고 만
그 학교,

자퇴하기 전, 한 학년 다
사냥을 나간
어느 날,

처음이자 마지막으로,
우리가 그물로 친 배구 네트에 걸려
나동그라지던
그
살쾡이,

그 빛나던
호피
무늬,

그 선연鮮然하던

붙잡힘의

절망.

풀칠
—고향 집 문을 바르며

한 해 남은 퇴직 연습으로
낡은 시골집에 돌아와
문을 바른다.

입에 풀칠을 허기 위해
고향을 떠나
세상에 내던졌던 이 몸뚱이,

아이들은
이런 아버지들이 퇴직허자마자
죽길 원한다고,
취직 안 되는 애들이 그 퇴직금 물려받아
살기 위해서라고.

입에 풀칠이 뭔지도 모르는
저 애들을 생각허며,
낡을 대로 낡은 고향 집 문에
혼자,
풀칠을 헌다.

살기 위해 미련 없이 버리고 떠났던
가난의 때가 아직도 까맣게 찌든
이 다 낡아빠진
안방
문에.

쓸쓸히 떠나던 그 마음 그대로
이젠, 다시 돌아와 살어보자고,

내 어린 시절 코 때가 까아맣게 찌든
고향 집 안방 문을 바르며,

이제는 아무도 기억허지 않을
옛 '새마을운동 노래'를
혼자 흥얼거리며.

빛
—흑점

가지 못하는 그곳
보지 못하는
그곳,

모든 빛이 쏟아져 나오는
까마득한
절정,

당신이 있는
그곳,

내 날아오름이 마지막
멈추는
그곳,

내 영혼이 가
깃든
그
곳.

몸
—신바람

    인문대 일 호관 뒤 히말라야시다, 그 나무가 학교 교사에 그늘을 지운다고, 어떤 행정실장이 사람을 시켜 그 나무 가지를 걍 몽땅 잘라버렸는디, 그 사람은 그 뒤로 시름시름 앓다 퇴직을 허고, 그 나무는 그 이후로도 계속 새 가지를 뻗어, 지금은 예전보담두 더 많은 천수관음千手觀音 손들을 더 먼 데까지 펼치어, 이번에 지나간 한여름 태풍 큰바람에두 끄떡없이 덩실덩실 춤을 추고 있습니다. 언제 그랬냐는 양, 암시랑토 않허게 의젓이 서설랑은, 새로 부는 가을바람을 타고 마냥 흥에 겨워, 걍 새 바람을 솔찮허게 피우고 섰습니다. 텅 비인 허공중을 마냥 어루만지구 있습니다.

    마하,
    도천수관음
    보살,
    마하살.

미루나무 위의 고민
—'바람의 노래'

한껏 어두운 초여름 하늘 끝,
큰비 오려고
큰바람
분다.

저 밋츰헌 옛날 미루나무
상상 가지
끝,

아슬아슬 흔들리는
까치집
하나,

그 사이사이로 즐거이 빠져 지나가는
저 큰바람의
파도들,

저 아슬아슬 흔들리는 허공중의 거처를,
다치지 않고도 거뜬히 빠져나가는
저 큰바람

노래들,

저렇게 높다란 세상 가지 끝에서
까치는 시방,

떠는 자식들을 위해
집을 좀 더 두터웁게 보강해야 헐까
아니면,

늘 아슬아슬
흔들리며,

저 바람과 더불어 이대로 살아야 허나를
깊이,
고민 중이다.

윗녘 명창 종달새 생각
―들깨에 관한 추억

한때, 새를 몹시 좋아혀서, 어렵사리 장만헌 작은 주공 아파트 베란다에 새를 하두 많이 키우는 바람에, 아들이 어릴 때 호흡기질환 기침감기를 달고 살아야 했던 때가 있었습니다.

그때, 아들이 그래서 그런 줄도 모르구 난 늘 새에 빠져 새만 바라보고 있었는디, 그중 종달새는 까아만 들깨를 몹시 좋아허여 늘 깨만 주면 그냥 한바탕 그 작은 새장을 포르륵포르륵 날아오르며 호로록, 호로록, 호래리 호래리 호리리 호래리 호리리 호래리 호리리리리리리…… 한바탕 강원도 메나리 혹은 경기명창 창부타령 조루다가, 아파트 전역을 걍, 감동의 도가니루 몰아넣곤 하였습지요.

그런디, 나중엔 들깨를 아무리 주어두 작것이 소리를 허지 않았습니다. 앞산에 봄 잘새들이 날아와 재잘거리기 시작허면서부턴. 그 고소헌 들깨 맛도 그 따사히 비쳐 들던 키 낮은 가을 겨울 햇볕두 다 잊어버리구, 다시는 윗녘 명창 소릴 허려들지 않았습니다.

“에라. 작것. 그러허면, 너두 네 갈 데루 가그라. 난 다른 새들허구 살란다.” 포기를 허구 어느 날 베란다 앞 푸른 하늘루 날려 보내구 말았습니다.

지금은 어디에 있을까요,

그 종달샌.

비 오는 숲을 보며

창틀에 턱을 괴고 오늘은 혼자, 비 오는 숲을 바라봅니다. 저 숲은 무얼 기다릴까, 무얼 기다리며 저렇게 한마디 말두 없이 우두커니들 마냥 서있을까 생각해 보았습니다.

갑자기 서늘한 바람 한 줄기 내게로 다가와, 이렇게 속삭였습니다. "음. 전 아무것두 더 바라진 않아요. 그냥, 이렇게 가끔 촉촉이 내리는 비와 때때로 불어오는 바람과 늘 변치 않허구 있는 푸른 하늘의 햇볕뿐, 더는 아무것두 바라진 않아요."

말까지 잊어버린 저 숲의 나무들을 대신해서, 지나가던 바람이 전해 주고 갔습니다.

다시, 숲길을 걷다
—찔레꽃 열매

입동 지나 첫눈 온 다음 날,
먼 길 떠나기 전
혼자,
눈이 녹아내리는 숲길을 걷습니다.
길가 숲엔,
아직 붉디붉은 애기단풍
몇 이파리 남아있고,
빠알간 찔레 열매들이
선연히 붉습니다.
뚝뚝, 지는 물방울 소리들
사이로,
겨울 철새들이 날며 울고 있습니다.
난,
여전히 당신을 생각하며,
오늘도 이 길을
혼자,
걷습니다.

당신이 돌아와 함께 걸을
그날을
기다리며.

아픔을 빨다
—행복

꽤 오래, 몇 달을 혼자 앓고 난
오늘,

오 년 만에 요와 이불을
새로
빨아,

혼자,
새로 빤 요와 이불을 깔고 덮고
잠자리에 듭니다.

참말루,
참말루,

행복헙니다.

출근
—어느 날 갑자기

월요일인데 이상허다.
아무도,
출근하는 사람이
없다.

달력을 다시 보니,
출근하라는
곳이
없다.

날짜만 있다.

발을 씻다
—사이

바쁘다 바쁘다 차일피일 미루다,
오늘은,

이승과 저승 사이 같은
화장실 문턱에
걸터앉아,

혼자 발을 씻는다.

깨끗하게
씻긴
발,

이렇게 개운한 발로라면
이제,

이승이든 저승이든
미련 없이,

훌훌히 산뜻이

건널 수
있겠다.

고백
—몸

아가야,
눈이 온다.

오늘은 내가 너에게
미안하구나.

네가,
보고 싶구나.

아가야.

내게 올 수 없는
너에게,

저 하얗게 언 강을 건너서도,
내게로 올 수 없는
너에게.

아직 몸이 없어,
이승으로는 올 수 없는

너에게,

아가야.

다시, 망해사 근처
—해후

만경강 하구
망해사
근처,

청하면 노을 비낀
강가
밥집,

아미가 날 위해 이른 밥을 시켜놓고
혼자 한없이
기다렸다.

노을빛이 어린 검은 진흙 뻘밭,
강물이 바다에 다다른
강어귀,

작은 섬 가장자리에서
회색빛 해오라기 한 마리
노을빛을 받으며,

유심히,
흐린 물속을 들여다보고
있었다.

늦봄,
붉은 산당화 꽃들이 다 지고
무언가
다른 꽃들이 피려는,

아직 여름은 아닌,
아쉬운 그리움이 아직도 조금은
남아있는,

한 사월 이른
저녁때였다.

꽃나무
─사월

한 사월, 부는 바람에 흔들리는
앵두나무를
보네.

그저, 흔들리울 뿐
말은
없이,

나도 저렇게 말없이 끝없이
흔들려 가노라면,

그 어느 등이 굽은
고갯길 너머
샘가에서,

저 꽃나무와 같이
나 혼자
저절로,

하얀 앵두꽃
피울 수 있을까.

행복
—꿈

밭둑가 은행나무 위엔
까치집도 다
되었고,

재를 묻힌 씨감자 모종도
일군 묵정밭 머리에
다 심었네.

노을을 등에 지고 먼저 집으로 돌아가
저녁밥 지어놓고 날 기다리는
당신을 보러,

혼자, 호미 들고 흔들흔들 돌아오는
저녁 어스름,

동편 하늘엔 새로이 반짝거리는
새파란 샛별도
하나,

떴네.

쓸쓸한 편지
―안부

오늘도
하늘은 아득히 감은빛이고
빨간 꽃잎들이 대지 위에 마냥 듣고
푸른 잎들이 수없이 하늘로 피어오르고
까치가 분주히
집을 짓는디,

난,

혼자 묵정밭 밭둑가에 우두머니 앉아,
하염없이 당신을 가다리다가,

묵방산에 노을이
지길래,

집으로 돌아와 아쉰 대로 걍,
라면에 식은 밥
말아,
배불리 먹었습니다.

어둠 속 물 고인 둠벙 속으서
봄 개구리들이
재잘거리며
우네요.

잘
기시지요.

침묵에로의 초대
—그때

사람의 마지막 말은
침묵,

사람이 하느님 뜻을 알게 될
그
즈음,

사람은 비로소 말을 멈추고,
하느님은 사람을
자기 곁으로 데려가신다.

그땐,

하느님도 비로소 사람을
당신 곁에,
두고 싶어지셔서.

어느 날의 대화
—나무가 나에게

바람이 불어오자,
나무가
흔들리기 시작합니다.

내가 나무에게 물었습니다.
무얼 더,
기다려?

나무를 대신해서 지나가던 바람이
내게 말했습니다.

기다리는 게 아니라,
걍,
있는 거야.

최대의 풍경*
—고 심호택 형께

부자나 가난한 이나
똑같이 사람 몸을 푸르르게 감싸 주는
저 아득하고 가물한 쪽빛 하늘,
그 절망 같은
희망,

그런 청바지를 입은 내 아들과 아들의 애인이,
내가 사준 천오백 원짜리 테이크아웃 커피를
들고,

벚꽃 화안한 가로수 길을
가끔, 웃음소리를 내며,
서로를 바라보며,

나란히,
아득히,
걸어간다.

*『최대의 풍경』: 고 심호택 시인의 시집 이름.

전주 호일
—아미에게

내가 20여 년 더 전에 연구실 앞에 심어놓은 봄 산수유꽃 노랗게 피니, 새로 날아온 지빠귀새 한 마리가 사람이 지나가도 모른 체하며 그 꽃 속에서 걍 막 나뒹굴고 부리를 부르르 떨며 야단법석입니다. 그 옆에선 역시 내가 그때 같이 심은 동백나무가 빨알갛게 꽃들을 피워 놓구서, 그저 말없이 빙그레 웃고 있습니다. 20여 년 전 마흔 살 전임 취직이 된 기념으로 그 나무들을 심은 이 사람 정도야 더 아랑곳할 리가 없겠지요.

봄기운 따라 교사 뒤쪽 양지바른 곳에서 둘이 속삭이던 신입생 남녀 한 쌍도, 이를 지긋이 바라보며 웃고 있습니다.

전주의 좋은 봄날입니다.

안녕.

동진강가, 어느 봄날
―꽃싸움

　어느 날, 심심해진 어느 봄날, 쓸쓸히 불어오는 저 봄바람 따라 정처 없이 차를 몰고 다가간 동진강가, 왠지 당신도 저 바람결 따라 그곳으로 올 것만 같은 들판 한가운데 외딴집, 자식들 다 떠나고 둘만 남은 칠순 내외가 구시렁 딱딱 한바탕 싸우고 있었습니다.

　호호백발 간간꼬장한 남편과, 키가 자그마허고 몸매 허리가 날짱허고 아직 우아랫니가 말짱허게 이쁜 조선마늘 머리를 한 아내가, 마당가 지는 벚꽃 아래서 싸우고 있었습니다. "풍물 배우러 댕기는 거슨 괜찮혀. 근디 밤에 배우러 댕기는 거슨 좀 그렇다 이 말여. 아, 야밤 길에 뚝방 깨골창으로라도 빠지면 워쩔라고 그러냐고." "하이고. 그 잠깐 새를 못 참어가지고 걍 저 야단이네. 나가 눈 있고 차 있고 길 있는디, 왜 나가 깨골창으 빠진다요. 걱정허는 마음이사 내가 왜 모르가디? 일주일에 딱 한 번인디, 그때 쪼께 잠깐 혼자 기신다고 걍 그새를 못 참어서 저 야단이다요?"

　두 양주 꽃싸움 허는 동안에, 지던 벚꽃도 에지간허게 더 지고, 꽃잎 지는 자리마닥 동박새 부리 같은 이쁜 새순들이 돋아나구 있었습니다.

　바로 그때,

당신이 그 이쁜 조선마늘 머리를 허고 내게로 다가왔습
니다.

문상
—거시기 혹은 거세기

　죽음 앞에, 자주 못 보던 지인들이 오랜만에들 겁나게 거시기허게 모였습니다. 제아무리 잘나도 거시기만큼은 슬그머니 다 같이 인정허는 분위기입니다.

　허나, 허는 소리를 듣고 모여 앉은 대형을 본다 치면, 여전히 끼리끼리만 모여 여전히 거시기허게 답답한 패거리 소리들만을 수군거리구 있습니다. 어차피 거시기허면 다 거시기허는 줄은 눈앞에서 번연히 다 거시기허면서두, 허는 짓은 여전히 다들 거시기헙니다. 어디로 가는지, 언제 갈지도 번연히 다 거시기허는 마당에서두 허는 짓은 그저 여전히 다 거시기헙니다.

　그저, 분명헌 것은, 그들도 그렇게 거시기헌 집에서 만나면 만날수록 점점 더 거시기헌 사람에게 더 가까이 간다는 것뿐이지요. 그렁개 사람은 참 다 거시기허다 그런 말이 되는 거구요.

　그중 한 사람, 덩치가 예전 동지중추부사 상장군 겉은 박화백은 꼭 고창식으루 '거세기'라고 발음을 허구는, 왜 '거세기'라고 발음을 허느냐고 물으면, "야. 내가 언지 '거세기'라고 혔냐?" 허구 시침이를 뚝 뗌서, 얼른 표준말로 '거시기'라고 바꾸곤 허십니다. 고향을 떠나, 서울에서 20년 이상을 사셨으니깨, 그것은 뭐 그다지 거시기허진 않습지요.

허나,

'거시기'든 '거세기'든 간에,

사람이 너무 '거시기/거세기' 허면 안 되는 것이 아닌가,

허는 생각이 쪼께 든다 그 말입지요.

더질더질.

봄날의 심심한 헛생각
—한거

까마귀 소리가 왼 집 안을 온통 시끄럽게 까악 까악거려 나가보니, 아직 떠나지 못한 까마귀 몇 마리가 들까마귀가 되었는지 봄 보리밭에서 무언가를 게걸스럽게 파먹구 있습니다.

작년 재작년 제때 떠나지 못한 백로들은 지난 엄동설한에 거의 다 얼어들 죽은 듯한데, 겨울 철새였던 쟈들도 올여름 작년 같은 무더위나 닥쳐오면 또 어쩔라나 걱정입니다.

물론, 쓰잘떼기읎는 걱정입니다만, 쓰잘떼기읎는 뇜잉게 쓰잘떼기읎는 걱정이나 좀 허다가 쓰잘떼기읎이 갈 요량으루다가, 그저 심심헝게 그러는 거지라우. 사람 읎는 집 툇마루에 나와 앉어서, 꽃 지는 봄날잉개루.

이제 더는 걱정헐 일두 별루 읎는, 혼자 된 뇜잉개루.

46

제2부

잔주름
—지명知命

그대 잔주름 보지 말라고
아니,
이쁘디이쁘게 난 그대 잔주름
제대로 보라고,

하느님께서 내게 허락허신
원시안遠視眼.

원시로 돌아가 원시적으로 살라고
하느님께서 내게 허락허시어
오직,
이 즈음에 이르러서만
볼 수가 있는,

그대 그 이쁘디이쁜
눈가,

그 이쁘디이쁜,
당신의
잔주름.

나무가 나무를 그리워하듯

어쩌다 서로 더불어 뿌리를 얽고 붙어 사는 희한한 경우
도 있긴 있지만, 대부분은 서로 떨어져 사는 저 숲속의 나무
들처럼, 평생을 떨어져 서로를 그리워하며 살았으면 한다.

머얼리 떨어져 까마득히 서로가 잘 보이지 않더라도, 그
간절한 그리움으로 가을이면 노오랗게 맑은 사랑의 열매를
수없이 맺는, 지금으로부터 2억 5천만 년 전에 이 세상에
처음 나타나, 그 기나긴 혹한의 빙하기를 지나, 몇백 살 정
도로는 나이 명함도 못 내미는,

저 암수 은행나무들처럼
그렇게.

어느 날
—밥집

산목련 새로
화사히 피었고,

황사 갠 하늘엔
낮달도 고이 걸리었다.

헤매이던 발길도
잠시 쉬이고,

혼자,

주인 홀로 조으는
늦은,
밥집에 든다.

살아있는 동안
—소월 조

살아있는 동안
하고,

바람이 부네.

살아있는 동안
하고,

해가 뜨네.

살아있는 동안
하고,

새가 우네.

살아있는 동안
하고,

달이 돋네.

살아있는 동안
하고,

당신이 보고 잡네.

흥부행
—빚

우수 지난 강가
멀리,
아직 떠나지 못한 철까마귀 몇 마리 날고
겨우내 얼었던 강물 녹아,
남은 북풍에 남쪽으로 남쪽으로
밀리는데,

난, 밀린 빚을 갚기 위해 새 빚을 얻으러
새마을금고로
간다.

흥보가 맷빚이나 얻으러 관아로 가듯,
난, 새 빚을 얻으러
새마을금고로
간다.

아가에게
—강 건너 소식

아가야,

내가, 한 번도 보지 못한
내

아가야.

난 지금 먹고살기 위해
혼자,

이승에서
쓸쓸히 혼자 장을 보고 있단다.

잘 자거라.
날씨가 몹시 춥구나.

내
아가야,

내가 이 세상 사람으로 남은 햇볕 몇 됫박

—보꾹

그대와 햇볕 잘 드는 보꾹에 앉아 오늘은, 같이 편안히 저 간절한 햇볕이나 쪼이고 싶어요. 오늘은, 남의 집으로 보리쌀 한 됫박 꾸러 가는 것도 작파하고, 당신과 같이 그저 저 보꾹에 나란히 앉아, 이승에서 몇 됫박 남지 않은 저 따스한 햇볕이나 간절히 함께하고 싶어요. 저 간절히 그리울 이승의 마지막 저녁노을까지,

우두머니 함께 바라보며.

해는 뉘엿뉘엿
—주막행

해지랍판, 서늘바람에 흔들리는 버드나무 길, 서녘에 지는 해는 뉘엿뉘엿, 반 남아 늙은 전주의 오륙십 년 지기 한 사내, 저 혼자 주고받은 낮술로 기우는 어깨가 흔들거리며, 마침 지겨운 원고 하나 끝냈다 전화 온 따개 성을 보러, 중앙시장 좁다란 뒷골목 허름한 막걸릿집 호성집 근처로 접어들고 있다.

남은 기쁨, 남은 반가움이라두
나누기
위해.

세월
—맛집

    평생을 시골로만 떠돌아다니며, 옛것을 잘 기억허는 토
백이 늙은 할아버지 할머니 제보자들만 찾아다녔는디, 오
늘은 서울서 전주 한옥마을로 놀러 온 어린 한 쌍의 남녀,
한복을 빌려 입구서 내게 왈, "할아버님. 저어. 전주 맛집,
어디 좋은 데 좀 제보해 주세요" 헌다. 나는 잠시 머뭇거린
다. 쟈덜이 내게 원하는 제보가 무얼까를 생각허느라.

    내가 제보해 줄 맛은 너무도 케케묵어,
    쟈덜이 나중에 욕할 것만 같아.

이근팔이
—도강행渡江行

강원도 춘성군 사북면 가일리 북한강가, 학교가 파하면 강가 모래밭 길을 따라 배터까지 걸어오며, 온종일 강가 모랫벌에서 무수를 캐 먹고 놀다, 저녁노을 땅거미에 놀라 배터로 달려가 "배에-건네-주세유우! 배에-건네-주세유우!" 목청껏 소릴 질러도 늘 취해 나자빠진 홀로된 평양 월남민 이근팔이는 대답이 없더니, 내 저승 갈 땐 술 다 깨어 후다닥 뛰어나와 날 제때에 잘 건네주려나.

승질이 몹시 급허여, 제가 제 말을 주체허질 못해 늘상 말을 더듬곤 허던, 내 증조할아버님 고향 출신 혈혈단신 월남민 이근팔이.

만두리
—밥집 흥타령

   이리저리 세상 일 힘들 때, 그대와 서로 마주 앉아 밥 한 그릇 비우다 다시 보는 무생채, 그걸로 조금 남은 밥 비벼 목으로 넹기니 목 당그래질 개운허다. 들기름도 안 치고 고추장서껀 비비지 않았어도, 그중 그래도 세상 입맛 개운허다. 옛날 칠월 칠석 혹은 칠월 백중날 우리 동네 논매기 때 만두리 끝마치듯,

   만두리 끝내고 상머슴 소등에 태워 질굿 가락에 질꼬내기 부르며 덩실덩실 막춤 추며 마을로 돌아오듯.

겨울 햇볕
—옛 나를 보다

사람들 다 돌아간 대한大寒 날
토요일
오후,

홀로 비인 방 비쳐드는
겨울 햇볕
본다.

오래도록 먼지 앉은 부끄러운 첫사랑
하늘−초록색 낡은 표지,

낡을 대로 낡은
내 쓸쓸한 첫 시집 표지 위에 비쳐 든,

가만한 겨울 햇볕
혼자,
본다.

ㅂ달 드셔유
—신시도 쌍둥이네 집 큰조금 때

장자도 제비바위 아래 전 군산수산시장 수협 대표허던
이장네 집에서 밤새워 술 마신 다음 날
아침,

깊이깊이 온몸을 다 드러낸
저 한겨울 진흙 뻘밭
큰조금 때,

집으로 돌아오는 길 대낮에 찾아든
신시도 쌍둥이네 집 여자,

"대낮버텀 무언 술여유.
걍. 저 바들 드셔유."

대낮버텀 암팅이 부리는
주인집 여자 대꾸에,

그래도 입으론 자꾸 술잔이 가는
신시도 씽둥이네 오전 열 시,

온몸 다 드러낸

진흙 뻘밭,

큰조금

때.

그리운 당신에게

내가 지금, 어디 있는지 당신, 알아요? 난 지금, 여기 있어요. 당신 곁에 이렇게, 늘 혼자. 나는 늘 당신만 보이는데, 당신은 내가, 보이질 않나 봐요.

언제나
내
사랑,

안녕.

행복 3
—소월 조素月調

해가 지고, 한 해가 또 갑니다. 먼지 앉은 오랜 옷가지들을 좀 치우니, 촉촉이 성근 눈발에 젖은 한란寒蘭 이파리도 저녁 호롱불 불빛에 잠시 빛나고 있습니다.

아직 안방 윗목엔 당신을 위해 차려놓은 저녁밥상이 그대로 이쁜 기러기 수놓인 모시 밥상보를 덮은 채 놓여 있고, 질화로 숯불 위에 묻어둔 무 강된장 오지 뚝배기도 제 맘속 같이 애타게 졸아들고 있습니다. 졸아들수록 졸아들수록 더욱 구수해지는 향기는, 간절히 간절히도 아랫목 이불 속으로만 다가들 뿐입니다.

이젠, 오소서. 이젠 당신이 오시어도 될 것 같아요. 까아맣게 그을도록 따뜻해진 이 아랫목 이불 안은, 당신을 기다리는 오오래된 온기로 포근히두 기다림에 지쳐 있습니다.

이젠, 오소서. 당신이 오셔야만 되겠어요.

한 발 든 백로새
—미당 선생께

한겨울, 눈 내리는 시냇가
혼자 남아,
늘 한 발로 서있는
저 백로새,

한 발은 이승
한 발은
저승,

한 발은 이승이라
보이고,

한 발은 저승이라
보이질 않네.

처음부터 온몸이
하얗게 세어,

평생을 호호백발皓皓白髮로
이승과 저승을

오가며,

삶과 죽음을 같이 사는
저 외로운
새.

역설
—두레상

함께들 둘러앉아 같이 밥을 먹는다는 것,
단군 이래 우리나라 조선 사람들의,
가장 소중하고도 오래된
유산,

오늘도 나는 혼자 밥을 먹으며
우리나라 장래를
생각하고
있다.

따뜻한 나날 1
—팔복동 문자

사는 게 추워 시방 팔복동 비와이씨BYC 내복집에 가구
있어요. 몸이나 좀 따뜻이 뎁힐려구요. 가는 길에, 전에 내
가 살던 그 하얀 집 앞을 지나는데, 참 따뜻해 보이드라구
요. 개두 그대루 있구요. 난 그래도 괜찮어요. 비와이씨가
있으니까요. 따뜻한 내복 한 벌 사 입고 떡라면 한 그릇 사
먹으면 되니까요. 맘이 추운 건 저뿐만이 아니잖어요. 어
쩔 수 없는 거잖어요. 저기, 비와이씨가 보여요. 전 곧 따
뜻해질 거예요.

이런 행복,
제겐 젤 소중해요.

그럼,
안녕.

'나는 자연인이다'
—어느 산골 이야기

태어나 얼마 뒤에 내가 첩의 자식이란 걸 알았지요. 내가
제일 먹고 싶었던 것이 짜장면이었어요. 짜장면을 먹기 위
해 짜장면 집 배달부로 취직을 했다간, 몇 번이고 다시 집
으로 붙잡혀 와 수없이 두들겨 맞고 또 맞곤 했지요. 나이
들어 결혼, 아이 하날 낳는데, 못 키워 부모에게 일 년만
맡아달라 했더니만, 나중에 찾으러 가보닝개, 해외 입양을
보냈드라구요. 아내와도 진즉 헤어졌구,

이젠 이렇게, 산 사람으로 산속에 살어요.

초겨울
—한거

초겨울
해거름,

맑은
하늘,

소나무는 꼿꼿이
짙푸르고,

산마루엔 남은 햇빛
걸리었다.

아무것도 더는
바랄 것이
없어,

오늘은 머엉하니
큰 하늘
본다.

말씀
—나잇값

삶은 아무런 해결도 없는, 잠깐 동안의 짧은 '지속'이라고 스승님은 늘 말씀하셨습니다. 그 말씀 너무 허망하고 믿기질 않기에, 그렇지 않은 삶을 찾아 여기까지 왔습니다.

그런데 이제 삶의 굽잇길에 이르러 생각하니, 스승님 그 말씀밖엔 별다른 답이 없는 게 삶인가 합니다. 저보다 더 허름해진 따개 성님과 점심 한 낄 하려고 중앙시장 뒷골목으로 혼자 걸어가며 이런 생각이 듭니다.

스승님도 사모님도 모두 세상을 뜨신 지금에사, 스승님 뼛가루와 사모님 뼛가루를 제 손으로 합쳐 합장한 지도 벌써 몇 해가 더 지난 오늘에사,

그걸 뼈저리게, 뼈저리게, 느끼게 됩니다.

따뜻한 나날 2
—문포 근처

따뜻이 불을 피우고 불 위엔 차를 끓이고, 혼자 작은 찻 소반 앞에 앉아 그대를 생각합니다. 한라산 백록담엔 사슴 가슴털 같은 눈이 올겨울에도 포근히 내리고, 그대가 있는 문포 작은 호숫가엔, 아직 멀리 떠나지 못한 해오라기 한 마리, 외발로 서서 눈을 맞고 있겠지요. 소반 위에 놓인 맑은 작설차 찻잔 위에 장지문으로 비쳐 든 아침 햇살, 저승에서 이승을 보듯, 화안합니다.

사랑하는 그대여,

우리
잠시, 그냥, 이렇게

이승에 있어도 좋으리.

굴참나무를 그리다
—한배검 신단수의 꿈

이젠 우리 더 이상 그리워만 말고, 그대와 저 푸른 하늘 아래 태백산 꼭대기 한 그루 크낙한 굴참나무 되어, 한 천 년 끝없이 사랑하고 꽃 피우리.

우리 끝없는 사랑의 씨앗 맑은 암갈색 상수리도 수없이 맺어, 지나는 날다람쥐 산새들에게도 두루 나누어주며, 한 만 년 더 사랑하다, 끝내는 저 태백산 상상봉 한배검 신단 옆 신목이 되어, 푸른 하늘 끝에까지 닿을 수 있으리.

우리 그 푸르른 사랑으로 하여, 마침내 온 세상 하나 될 수 있으리.

모란을 보며

그대 농익은 입술처럼
검붉은
황홀,

그 노오란 절망의
꽃심,
한
가운데,

날, 마지막 부활로
인도하는
깊은
어둠,

그 수많은 황홀들이 만개한
당신 앞에서
나는,

잠시,

기인 한숨을 내쉰다.

제3부

비
—진동규

울리는 전화벨
야,
잘 있냐,
비 올라고 헌다.

뚝.

대설
―독행

한겨울 추위에도 오히려 파릇한
수양버들,

맑은 하늘, 퍼지는 햇살
속을,

용필이 성님 노랠 혼자 흥얼거리며
눈 소식 없는 대설 날
전주 삼천내
둑방 길을,

밑두 끝두 없이
걍,

혼자,
걷는다.

초겨울
—잠시

바람이 몹시 분다. 혼자 걸으며, 인생이 더 이상 살 만한 가치가 있을까 생각한다. 일단, 찻집에 들어,

차를 한 잔 마셔보기로 한다.

뭇국 2
―혼밥

혼자
밥집에 앉아
뭇국을 먹는다.

무가 너무 많다 싶어 다 건져내고
국물만
먹는다.

다 건져내어 버리면 또 넘 허무헐까
싶어,
밥 한 술 말어,

혼자
쓸쓸허게
텅 빈 적막을 먹는다.

사람들이 다 제집으로 돌아간
초겨울,

해 질
무렵.

먹구 살자구
—어머님 말씀

우리 어머니 늘 허시는 말씀, "큰애야. 너 요즘두 사람들허고 싸우냐? 다아 먹구 살자구 허는 짓잉개, 싸우진 말어라 잉. 목숨 붙은 것들은 다아 불쌍헌 것이다. 알것냐?"
　어머니 이 말씀이 이제 내 맘속으로 들어오길래, 내 나이를 세어보니,

이제 내 나이 환갑 진갑 다 넘긴 때.

지상에 남은 술잔
—첫눈

첫눈이 올 거라 전화를 했드니,
그대는 일이 있어 먼저
제주로 간다고.

혼자, 빈 연구소 문을 나올 때
첫눈이 나렸다.

공중전화로 가 "첫눈이 온다!" 하니,
쓸데없는 소리 허지 말구
지갑이나 잘
챙기라 헌다.

하염없이 나리는 눈발 어쩌지 못해,
따개 성님 함께 아점 막걸리,

저 덧없는 함박눈 눈발로 허여,
밥은 한 술도 뜨질 못허구
연해연신 들리우는
지상에 남은
술잔,

저승 바닥을 마지막 '쨍그렁' 울리기 전,
내가 다 비우고
떠나야 할,

지상에 아직 남은
이 쓸쓸헌
사랑들.

가일리 1
―기억

　박하 향기 나던 가일리 웃말 안사랑 어둑한 방 안 혼자 있었다. 어머니 날 데리고 살던 그 안사랑 으늑한 곳, 젊은 아버지인 듯한 분이 국방색 옷을 입고, 박하사탕을 사가지고 첫 휴가를 나왔다. 그 안사랑, 그 박하 향기, 아직까지 남아있는 이 세상에서의 내 첫 기억,

　어머니께 전화로 물으니, 내가 두 살 때.

가일리 2
—기억

늘 배 벗은 채 혼자였던 어린 날, 집 근처 풀밭 물앵두 숲 덤불 나무 위의 새, 개울가 버들치며 개리, 가끔씩은 중간 말 미어기, 벌말 탱가리 쏘가리, 혼자 바람굴 가 샘물의 낙엽들 치고 물끄러미 맑아오는 샘물 보기, 가을 아침 집 앞 개울물 속에 떨어진 붉은 밤알들 들여다보기, 엄마가 "밥 먹어라!" 소리치실 때까지,

물끄러미, 물끄러미,
맑디맑은 세상 들여다보기.

한라산 삼족오
—제주행 기억

　　제주대학 조영배 교수가 잡어준 한라산 중턱 제주대학
게스트 하우스서 혼잠 자고 일찍 일어난 가을날 아침, 날은
흐리고 몸빛이 매우 찰지게 검은 한라산 토종 가마귀 한 쌍
이, 곱게 자란 제주산 황칠나무 위에 앉아 운다. 우리를 태
운 차가 마악 숙소를 떠나려 하자, 또 다시 가마귀 한 쌍이
울고, 갑자기 이름 모를 한 무리 철새 떼들도 산 쪽으로 우
루루 따라 날아갔다.

　　한라산 산신님께서 키우시는
　　삼족오三足鳥
　　한 쌍.

만추

마지막 남어있는
가을
햇살 받으며,

바알간 감잎이
투욱,
허구 떨어진다.

나두 이젠,
저 감나무 붉은 이파리처럼

투욱,
허구 떨어지구 싶다.

이파리보다 더 바알간
까치밥
하나,

푸른 하늘에
냉기구.

초가을 1

집 앞 대문 행랑채 너머 바람에 흔들리는 댓이파리, 집 뒤란 행경나무 숲 아래 울타릿가 누른빛 돌기 시작하는 늙은 돌배나무 열매, 열어놓은 대문으로 가만히 불어 들어오는 처서 무렵 가을바람, 기다리는 사람 오지 않고 마당 위로 작은 고추잠자리 몇 마리 날 뿐, 처마 밑 풍경이 뎅 하고 한 번 울고, 여름내 익은 장독 된장 뜨는 냄새 가신 뒤뜰 툇마루 가에, 화안한 저녁 노을빛,

멀리,
아득히 들려오는 가느다란 마지막 풀매미 소리, 찌이이이이.

초가을 2

왱왱이던 참매미 소리
잦어지구,

앞뜰 채마밭 머리 생강알들이
오동통 여물구,

자줏빛 양하나물 꽃순이
뾰족이,

뒤뜰 장독대 곁에서
고갤
내어민다.

왜

산책길 외진 곳 무덤 하나 쓸쓸히 있길래, 무심히 그냥 "왜 죽었냐?" 물으니, 그 사람 왈, "미친눔, 넌 시방 왜 사는 줄 알구 사냐. 니가 그렇듯, 나두 왜 죽는 줄 모르구 죽었다".

전어, 돌아오다
—그 미움의 먼 그대에게

기다려서들 돌아왔으니
맛있게들
드시게.

집 나갔던 며느리도
내쫓았던
시어미도서껀.

그리움의 비린내도
산란의 어지러움도
이젠, 다 지낸,

정갈해진, 정갈해진,
이 몸이라네.

정유년 가을

정유년 초가을 그대와 속리산 법주사 경내에 들다. 해가 서편으로 기울고 가마귀 한 마리 운다. 그대는 지금 약사전에 잠들어 있고, 나는 시방 대웅보전 앞 보리수 아래 앉아 있다. 그대가 공양간에 들어 조왕신 뵈오니, 공양보살이 공양하고 가라 했다고.

공양 시간 기다리며 대웅보전 뒤 흰 구름 갠 조산 바래다 공양 시간 종이 뎅 하고 울어 공양간 들어 절밥 공양하고, 경내 이곳저곳을 다시 나란히 걷다. 경내를 벗어나 나와 시냇가 작은 길 따라가다가, 이윽고 이른 돌 징검다리, 아무도 건너지 않는 그 징검다리를 건너와 되돌아보니, 징검다리만 시냇물에 쓸쓸히 남아 누군가 다시 건너오길 기다린다.

저 돌다리를 이젠 나 혼자 다시 되건너, 내가 모르는 그곳으로 가라는.

가을 짜장면

혼자 지내기 더욱 쓸쓸허다.

밤새 마신 술로 어득한 눈
책을 보다,

중국집 짜장면 한 그릇으로
늦은 점심을
때운다.

다들 테이블에 둘러앉아
무언가 사는 얘기들을
나누지만,

난 그저 짜장면 한 그릇을
혼자 비울
뿐,

인생을 혼자
쓸쓸히
비우
듯.

관촉사

관촉사
노을,

해탈문
지나,

드높이 짙푸른 하늘
노송 석벽
등지고,

천 년을 깨어 서서
세상 굽어보는,

미륵하생彌勒下生
후천
부처님.

무궁화

이 꽃 저 꽃, 피어날 꽃들 다아 피구, 이제 더 이상 피어
날 꽃은 없는가 부다 싶은 육칠월부텀 해서, 여름 장마 사
라 호 무슨 무슨 호 초특급 태풍 큰바람들 다 견디구, 초복
중복 말복 무더위 타는 가뭄두 다 거시기험서, 어느 한 사
람 제대루 꽃이라 알아주지 않혀두, 틈틈이 쏠쏠히 솔찮허
게 무궁무진 이 땅 위에 두루 꽃 피우다, 입추 지나 초가을
높다란 허게 감은빛 푸른 하늘 휘영청 한가위 보름달 떠오
를 때, 비로소 그 가슴 활짝 열구 임 마중허는, 내 나라 삼
천리 방방곡곡 끝끝내 마침내 시들어지지 않을,

마지막 내 사랑
꽃 중의

꽃.

그리운 편지

당신이 보고픈데 어찌해야 할지 몰라

걍
여기,

이렇게 있어요.

슬픔

슬픔이 없으면 이 세상
무엇으로,

살리.

부추꽃

벗과 술 마시다 혼자 나와
잠시 서성이는 길가,

누군가 작은 화분에 심어놓은
부추꽃 화분
하나,

부추꽃이 추석 달 아래
하얗게 피었다.

턱없이 부족한 저 작은 영토에서도
목마른 갈증 속에서도,

여린 미풍에 작고 하얀 꽃들을 하늘거리며
씨앗을 여물리는
그대,

이 비좁고도 팍팍한 너의 삶이
그 작은 위대함이,

갑자기 나를
당혹케 한다.

남부시장 근처
—'정자나무집'

　　나만큼 아니 먼 조상들만큼 늙은 이 전주 남부시장 저자
한 귀퉁이, 미투리도 아닌 짚신만 파는 가게 하나, 백제「정
읍사井邑詞」얘기 속 그 행상 나간 장똘뱅이나 들렀음직한 짚
신집 하나, 그 장똘뱅이 등에 진 선운산 자락 장수강 소금
짐 부려놓구서 별 수 없이 드데었을 성싶은, 그 진 데 몇 집
지나노라면, 그 장똘뱅이 진 데에다가 소금 짐 부려놓구 나
와, 타는 목 축이었을 성싶은 막걸릿집 하나,

　　석양 노을빛에 쓸쓸히
　　서있는,

나무

아무런 대책 없는
끝없는 소멸
앞에,

늘,
묵묵히 침묵으로 서서
바람에 흔들리는,

지상에 남아있는
마지막

성자.

싸한 가슴

가끔 갑자기 앞가슴이 싸아할 때가
있어요. 무어라 말로는
형언할 수가
없어요.

그냥, 싸아해요.

제4부

밤 떨어지는 날

한량없이 쓸쓸한
가을날,

할 일도 잡히는 일도
딱히 없어,

오랜 동안
저 혼자 먼지 앉은
내 쓸쓸한 시집을 읽는다.

마당가에
툭,
하고

밤 한 송이가
떨어진다.

내가 나에게
―밤 인사

잘 자.

오늘 하루, 애 썩고

남은

간장.

약속
—쑥국새 타령

그대와
내가,

늦은 봄날
처음 만나,

호젓한 시골집에 오순도순
쑥국이나 끓이자
했드니,

올해에도 쑥국새는 저리도
쑥국거리는디,

그댄,
어디루 갔소.

그리움만 이렇게
덩그라니
냉기구.

커피를 마시며
—사는 동안 잠시

아버지 수술 시간을 기다리며 잠시, 같은 건물 지하 커피
숍에서 혼자 테이크아웃 커피를 시킨다. 엔젤—인—어스 까
아만 얼굴을 한 귀여운 아이들이 커피 쟁반에서 쌔하얀 이
빨을 순수하게 드러낸 채 맑게 웃고 있다. 수술을 기다리는
아버지, 나를 기쁘게 하려는 에티오피아 케냐 콜롬비아 저
다국적 아이들, 저들의 웃음을 섞어 블렌딩한 엔젤—인—어
스 우리들 세상 천사의 웃음, 잠시 뒤에 아버지가 흘리게
될 십자가의 피,

나는 잠시 피 같은 커피를 마신다.

입동 무렵
—꿈 2

입동 무렵
보름달 두둥실 떠올라,
시드는 황국에 비친다.

그대는
저쪽 벽에 기대어 지긋이 나를 바라보며,

서늘해진 아랫배를
아랫목 이불 속에 뎁힌 곱돌에 깊숙이 묻는다.

함께 떠나지 못한 해오라기가
한 마리,

눈 오는 호숫가에
홀로,
서있다.

겨울

오직,
한 사람만을 사랑했다.

텅 빈
집 앞, 호숫가

하염없이,
눈가엔, 함박눈이 흩날리고 있었다.

겨울이었다.

녹양방초
—세월

집을 옮기고, 작은 거실이라도 너무 허전하여, 난초라도 하나 곁에 놓아보려고, 난초 분을 구하러 이곳저곳을 다녀보아도, 요즈음엔 옛날 동양란은 없다 한다. 모다들, 급히 조직배양을 한 잡난뿐이라 한다. 제대로 난 원종 난초는 이젠 난초집에는 없다 한다.

쓸쓸히 발길을 돌리며,
이젠 그냥, 저녁노을 빛에 물든 길가 산천의 녹양방초綠楊芳草나 보기로 한다.

자작나무 숲
—기러기 편지

강원도 내 아버님 고향 월정리역 녹슬은 기찻길
비무장지대 자작나무 숲에
가면,

거기,
당신과 헤어진 기나긴 세월이
온몸으로 하얗게
꽃 피어 있습니다.

그 오래전
당신이 내게로 흔드시던 이별의
손수건들이,

이젠,
기나긴 기다림의 세월이 되어,

하얗게 빛바랜 세월의
호호백발이 되어,

그대로

거기, 있습니다.

이제,
증조할아버님 고향 땅 평양 대동강가 푸른 언덕
을밀대 옆 당신과 헤어지던
그 돌계단 밑에서
당신이 내게로 흔드시는,

아직도 흰 입성 입은 조선 여인의,
'보고 싶어서리 내레 죽갔습내다. 눌래 어서 오시라요!'
써 붙인, 당신의
희디흰 자작나뭇빛 손짓이
보입니다.

안녕.

가을이 왔응개
—아미에게

가을 세상,
후천개벽 새 시상 돌아왔응개,

우리 이젠,
같이 살어요.

다른 말, 큰 말들은 이젠 다 싫어요.
다른 말들은 다,
새빨간 그짓말뿐인걸요.

온 세상이 우릴 기연시 못살게
허드래두,

그래도 우린,
끝끝내 기연시 같이 살어요.

저 비무장지대 그 무성해진
숲속에서,

우리 이젠
걍,
집 짓구 같이 살기루 혀요.

행복 11
—안드로메다 여행

칠 년 만에 햇볕 따뜻하게 비치는 집에서 아침을 맞는다. 저 햇볕 따라 아미와 같이 이젠 안드로메다로 갈 수 있다. 우린 맹장도 떼지 않았으므로 그곳에 가서, 오랜 벗들을 만날 수 있다.

우주의 충수돌기를 서로 거세게 마구 부벼대며.

윤효 형께
—밤막걸리 출판기념회

내 어쭙잖은 네 번째 시집『녹양방초』받구서
단숨에 읽고 기쁘다며
곧바로 보내온,

윤 형의 고향 공주읍 사곡면 산넘어길
밤막걸리,

동네 허름헌 국밥집으루
몇 병 들구 가,

시방,
매큼헌 겨울 시래깃국으루
한잔
허구 있습니다.

윤 형 고향의 달큰헌 향수빛 밤막걸리와
전주의 뜨끈헌 초겨울
시래깃국서껀,

참 조촐허구 행복헌

내 『녹양방초』 출판기념회를
허구 있습니다.

대낮부텀 벌써 신들리신
따개 성이랑.

다시, 윤효 형께
—중복달임

　매일같이 몸 뼛속까지 들이 달구는 무술년 한여름 삼복
더위 속 오늘은 중복 날, 견디다 못해 주인도 집을 떠나 어
느 계곡으론가 달아나 버린, 산 불뎅이 다 된 넘으집 행랑
채 바닥에 열풍기 튼 채 널부러져 있는 칠순 평론가 따개 성
님, 그래도 중복이닝개 복달임이나 허자 전활 했드니 왈,
서울 윤효가 신아출판사로 또 공주 밤막걸릴 한 상자 보내
왔다 허여, 내 차에 우선 성님을 먼저 실쿠 곧장 신아출판
사로 가 밤막걸리 한 상자를 찾아 다섯 병은 그 집 냉장고에
넣어주구 나머지를 내 차에 실쿠, 아직 아무두 얼씬거리지
않는 오전 열 시 반 아점 무렵, 중앙시장 옆때기 허름한 '황
토추어탕'집으로 가, 아직 곤때가 쬐끔은 남어있는 허름히
늙어가는 주인 여자헌티두 한 병을 앵기구, 우선 냉장고 사
기잔 두 개 끄내다가 밤막걸리 한 잔씩을 따라 쭈욱 들이키
구, 주인 여자헌티 얼음을 달라 허여 울퉁불퉁 못생기게 언
얼음 한 덩어리씩을 술잔에 느어갖구서 다시 한 잔씩을 따
라 마시구, 전화로 중복달임 밤막걸릴 보낸 서울 윤효 시인
목소리를 들으믄서, 뜨끈한 추어탕 국물을 안주 삼아, 무술
년 중복 복달임을 헌다.
　압수수색이니 군대 하극상이니 세계 홍수니 산불이니 뭐
니 뭐니 하루두 조용헐 날이 읎는 무수리 같은 무술년 여

120

름 삼복더위 한가운데를, 충남 공주읍 사곡면 산넘어길으서 윤효 형이 복달임 허라 보내온, 전주 중앙시장 황토추어탕집 못생긴 얼음 뎅이루 시원해진 밤막걸리루, 무술년 중복날 복달임을 헌다.

극우파 백마부대 출신 칠십 먹은 평론가 따개 성님의 구시렁거리는 나라 걱정 소릴 들으며, 정의당 노회찬 의원 국회장 장례식 뉴스를 보며, 무슨 태극기 극우당 정미홍 사무총장의 죽음 소식도서껀, 『광장』의 소설가 최인훈 선생의 돌아감 소식도서껀, 오늘 새벽 원산 비행장 미군 유해 55구 환송 소식서껀, 그래도 그중 제일 씨원헌 공주읍 사곡면 산넘어길 윤효 시인 고향 밤 향기 제대로 살아있는 노오랗게 잘 익은 밤막걸리루다가, 그중 제일 씨원헌 무술년 중복날 복달임을 헌다. 더질더질.

'구시포맛집' 여주인 왈

유례가 없다는 무술년 폭염을 피해 따개 성님과 겐돈소바집 소바 한 그릇씩을 먹구 강바람이나 쐬자 허구 만경강 강둑길을 따라 차를 몰다가, 차가 가자는 대로 몸을 맡겼드니, 차는 고창군 상하면 '삼시세끼' 촬영지 시인 진동규 선배님 댁에 도착을 허여버리고 말았습니다.

진 선배님 댁으서 정읍 송씨막걸리 두어 병 따구서, 선배님 세 번째 시집 제목 『구시포 노랑 모시조개』인가 허는 그 해변으루 나가, 바닷바람에 풍천 장어에 복분자술을 사모님께 거나허게 으더먹구서, 진 선배님 부부는 그 '삼시세끼' 집으루 돌아가시구, 따개 성님과 난 주먹구이집으루 가설랑 소주 병 반을 더 따 마시구, 반병은 들구서 사만 원짜리 여인숙으로 들어가 즘잔헌 말루 '여장'을 풀었습니다.

헌데, 저는 아침둥이라서 아침 다섯 시에 혼자 먼저 일어나 바닷가로 나가 '저 푸른 물결 왜에치이는―' 유식헌 가곡 한 곡조를 용필이 성님 조로 피 나게 목구성을 꽈악 쪼여가며 한바탕 뽑구서, 밀물 지어 들어오는 바닷물 귀경을 좀 허다가, 여인숙으로 들어와 곯아떨어진 성님을 깨워 해장을 허러 들른 곳은 그 예의 '구시포맛집'이었습니다.

육천 원짜리 아침 해장국용 백반을 시켜 먹구 있는디, 이 집 여주인이 우리 있는 데루 다가와설랑 시키지두 않헌 말씀을 시작허여 왈, "전에 할머니 세 분이 먹을 것도 쬐끔씩 싸서들 들구 이곳으로 놀러 와 왈, '새끼들도 다 키우구 이 제 떠날 때가 되닝개루, 세상 너무 거시기혀서 셋이 이리루 놀러 왔다'며, 싸 가지고 온 것들 다 풀어놓구 밤새워 얘기 들을 허며 지내다 가셨는디, 가신 뒤에 생각해 보닝개루 맘 이 짜안 허더라고요".

이 말씀이 끝난 뒤에 잠시 저만큼 왔다 갔다 허다가, 이 여주인 다시 우리 앉은 데루 가가와 또 한 사례를 더 첨언 허여 왈, "한번은 또 꽤나 성공들을 혀서 잘들 사신다는 남 자분 셋이 오셨는디, '갑자기 친구들이 자꾸 죽어서 이러다 우리 못 보겠다 싶어 되는 대로 연락을 해서 되는 대로 홀 쩍 떠나왔다'며 '이게 우리 마지막 여행일지도 모른다'고 허 더먼유. 가시고 난 뒤에 또 생각해 보닝개루, 맘이 또 짜안 허더라고요".

우리 왈, "우리도 어제 점심 먹구 나서 갑째기 강바렘이 나 좀 쐬자 허다가 걍, 여그꺼정 왔어라우".

따개 성님이 주머니에서 꼬깃꼬깃 아끼던 그 맛깔스런 원 고료 세종대왕님 종이돈을 끄내서 아침밥값을 주는 동안, 나는 예의 그 구시포맛집 여주인 아줌마가 뽑아다 준 양촌 커피를 짜안해진 맘으루다가 홀짝홀짝 마시구 있었습니다.

등 뒤에선, 몰래 집 안으로 스며들어 온 여름 베짱이 한 마리가 '삐이—ㅅ 쩍, 삐이—ㅅ 쩌억' 허구 울고 있었습니다. 입추가 오기 이틀 전날 여름, 평균 온도가 39도를 밀고 있던 어제, 그래도 조금은 씨원헌 구시포 바닷바람서껀 물김 냉국서껀 고창 복분자에 풍천 장어구이에 정읍 송가네 막걸리를 첨음헌 다음 날 아침 오늘, 구시포맛집 여주인 그 말씀.

우리가 떠나면 저 구시포맛집 여주인 아줌마 맴이 또 더 짜안헐랑가.

그 뒤야 뉘가 알리. 더질 더어지일.

후회
—모기

모기 팔자 기박허여 늘 내 피를 빨고 살려구 내 빈틈만 노리는 것을, 내 익히 알고 그 틈을 아니 주기 위해 여름만 오면 잔뜩 긴장을 허고 지냈으나, 결국 나두 사람인지라 그 틈틈마다 모기에게 여러 방울의 피를 헌납혀야 혔던 지난 날들이 있었습니다. 모기두 목숨인지라, 다 살려구 그러는 것이었습지요.

단지 후회가 되는 것은, 피를 빨리기 전에 모기를 쫓거나 이미 피를 다 빨 만큼 빨고 난 모기는 걍 보내 주었어야 혔 는디, 그렇게 못헌 것입니다.

이미 내 피를 빨릴 만큼 다 빨린 다음에, 그걸 도루 가져 올 수도 없는 판에, 왜 그걸 기양 보내 주질 않구 문을 닫 구서 그걸 기연시 손바닥으루 쳐서 짓이겨, 바람벽이나 천 장이 다 시뻘건허게 내 피 칠을 허였는지, 그것이 후회가 될 뿐입니다.

그것두 목숨이라, 다 먹구살려구 그런 것인디.

치명적인 실수
—모과나무 사랑

어릴 적 저는 나무를 무척이나 좋아혀서, 가끔 내 식대로 나무에게 사랑을 주곤 허였습니다.

한 여남은 살 마땅해, 집안 식구들이 모두 일터로 나간 어느 날, 나는 아버지 전정가위를 광 시렁에서 찾아가지구 그 사철나무를 내 입맛에 맞게 이쁜 새 모냥으로 잘라 사랑을 혔습니다.

그날 저녁때 논에선가 돌아오신 아버지는 이 아름다운 내 작품을 보시자마자 지게 작대기루 걍 내 종아리를 상당히 얼큰허게 다질러 놓으셨습니다. 그러나 이런다구 저의 나무 사랑이 여그서 걍 멈출 수는 없었습니다.

그 후 어느 날, 우리 집 안마당에는 한 칠팔십 년은 족히 지냈을 성싶은 참모과나무가 한 그루 서있었는데, 해마다 장마철이면 빗물에 바닥이 씻겨 나가 큰 뿌리가 훠언히 앙상히 드러나곤 했습니다. "저것이 저 메마른 마당으서 월매나 힘드까잉." 생각 끝에, 역시 식구들이 모다들 다 제 볼일들을 보러 나간 어느 늦여름날, 그 모과나무 가까운 주위를 뺑 돌아가며 곡괭이루 판 다음, 마구간 옆 담 밑 두엄자리루 가서, 이제 막 마굿간에서 나와 김이 무럭무럭 오르는, 아직 삭지 않은 소똥 두엄을 쇠스랑으루 여러 차례 땀을 뻘뻘 흘려가며 떠다가, 그 파놓은 구뎅이 속에 가득가득 채운

126

다음, 흙으로 잘 덮어주었습니다.

그 후 어느 날 보닝깨, 그 모과나무 잎이 하나둘 지고 모과도 하나둘 떨어지더니, 마침내 처서가 지날 무렵, 걍 숨이 아주 끊어지구 말었습니다.

그런디, 이상헌 것은, 이번 사건을 저지를 때에는 아버지한테 으더터진 기억이 전연 없습니다. 다만, 말라 죽어가는 모과나무를 남몰래 안타까이 바라보고 있는 저를 사랑방 문을 열고 물끄러미 내어다보시던 할아버지께서, "니가 그 나무를 사랑혀서 그렸것지만, 그 나무는 니가 사랑을 너무 가까이 주어서 그리 된 것이니라. 그 나무는 그런 된 거름은 좀 더 먼 곳에다 주어야만 먹고 살 수가 있는 것이니라".

내 어린 날의 이 잘못이 어떤 것인지를, 내 사랑이 지겨워 당신이 내 곁을 떠나간 지금에사, 분명히, 그것도 불을 보듯이 명약관화明若觀火허게 깨닫게 됩니다.

내 사랑이여.
아직도, 어리디어린 나의
풋사랑이여.

내 고향 물목
—가뭄

내 고향 가일리 웃말 골째기 우리 집은 늘 맑은 절터골 물이 마르지 않허고 흘러내리는, 마을 맨 윗집 연소형燕巢形 형국에 자리를 잡고 있는 집이었습죠.

물이 마른 적은 없으나, 어느 해 한 번 된 가뭄이 닥쳐와 설랑은, 물이 마를 지경이 되었습네다.

이때, 가만히 보니, 아버지는 할아버님 아침 조반 교시를 따라, 우리 집 앞을 흐르는 개울물 못 위쪽으로 물목을 두어 군데나 더 막아, 새로 못이 두 개나 더 늘어, 우리 집 앞개울에는 모두 세 개의 못, 그러니까 상탕, 중탕, 하탕이 있게 되었습니다.

가뭄이 극심에 이르자, 먼저 어머니는 하탕 못물을 길어다가 밥을 지으시고, 가뭄이 더 극심에 이르러 하탕 못물이 마르자 중탕 못물을 길어다가 밥을 지으시고, 가뭄이 더 극 극심에 이르러 중탕 못물이 마르자 마지막 남은 상탕 못물을 길어다가 밥을 지으시구, 그 밥을 솥째로 걍 들구 가 상탕 못 앞에 갔다 놓으시구는,

"이게 우리 집 마지막 목숨입네다! 용왕님 살펴주세유!" 허구,

정성을 다해 비손을 허신 담에, 도루 들구 와 밥을 퍼주시는 것이었습니다.

바루 그날 밤,

내가 새벽에 오줌을 누러 밖으로 나가려고 문을 여는 순간,

참말루 씨원허디씨원헌 빗소리가 들렸습니다.

개고마리 약사
—사랑방 조부님 얘기

할미새보단 쬐끔 크구 까치보다는 훨썩 적은 개고마리
가, 어릴 적 우리 집 마당 크낙허구 휜출헌 전나무 위에 집
을 짓구 살었습니다.

그런디 한 가지 이상헌 것은 이늠이 집을 지을 땐 꼭, 워
디서 주서왔는지 그 사람이 죽으면 상여가 나갈 때 그 상여
를 앞서서 저승으로 가는 운아삽 머리에 단 수술을 으더다
가 집을 짓는 것이었습니다.

"저 작것이 또 저 지랄이네에. 저 지랄헐라면 무덜라고
넘으집 안마당 한가운데 서있는 넘으집 잣나무 위여다가 걍
저 지랄을 허까잉!"

그런디 더 이상헌 것은 우리 할아버지였습니다. 마당으
서 혼자 놀다가 보닝개루 할아버지는 사랑방 방문을 열어놓
으시구는, 그 작것 개고마리가 전나무 위여다가 집을 짓는
것을 물끄러미 건네다보고 계시었는디, 그때, 그 작것은 그
재수 읎는 즈그 집을 다 지어 놓구서, 으디서 또 넘으집 생
여를 앞서서 저승루 가는, 그 운아삽 머리 수술을 으더갖
구 와설랑은, 그 알량헌 집 안쪽 마지막 시김새를 허구 자
빠져 있는 것이었습니다.

할아버지는 입에 무신 긴 장죽 담뱃대의 담배 연기가 다
사라질 때꺼정, 그 작것이 허는 짓을 물끄러미 바라만 보

구 계시었습니다.

　이제 와 생각을 해보닝개, 그때 할아버지께서는 그 쬐끄
맣구 재수 읎는 개고마리가 허는 짓을 보시며, 이승과 저승
을 함께 생각허신 것이 아니었던가 싶습니다요.

　방금, 혼자 산책을 나왔다가 참으로 오랜만에 본,
　쬐끄만 개고마리 얘기였습니다.

길
—이순을 지나

군자는 대로행이라,
어려서 조부님 서당 글 읽을 때부터
큰길로 신기독愼其獨 하며 사람들과
같이 걸으라 하시던 때가,
있었네.

그러나 이젠 큰길보단 작은 길,
작은 길보단 아무도 없는
숲속 오솔길,

홀로만
걷네.

그것도 좀 걷다간,
길가 풀숲 아무 데나 펄썩 주저앉아,
우두커니,
머엉허니,

먼 하늘
보네.

「난 아니야」*
―조용필 조

난 부모님 말씀을 순종하며 모시고 살려고 했었다.

난 학교를 모범생으로 졸업하려고 했었다.

난 자동차 같은 건 아예 다루지 않겠다고 했었다.

난 파출소나 법원 근처는 얼씬두 허지 않으려 했다.

술 마시면 절대로 실수를 안 하겠다 했었다.

난 오직 한 사람만을 사랑했었다.

난 오직 너와만 끝까지 살겠다 했었다.

이 중에 대부분은 다 아니지만,

오직 아직도 긴 것은,

그 마지막 다짐,

그것은 지금도

기다.

* 「난 아니야」: 가수 조용필의 노래 제목.

죄송혀유
―짠 죄

어린 날 뒷집 부부 맨날 싸우는디, "이년아! 넌 서빠닥두
읎냐? 먹어부아 이년아. 이게 음석이냐 소굼뗑이지!" "아이
구. 읎는 살림에 그려야 오래 먹지유." "이년아! 짜두 에지
간허게 짜야지 이년아!" "죄송혀유! 제 인생이 너무 짠개벼
유! 고칠 수가 읎네유." "이런 주리를 틀어 쥐길 년! 저 주
중아릴 걍! 어유우. 나 증말 환장허겄네. 환장허것어어!"

제가 앞집에서 아무리 생각해 보아두,
그 여자는 짠 죄밖에는 읎다는 생각이 들었습니다.

아침 인사

오늘은 안부를 물을 데가 없어, 내 전화번호로 문자를 보냈습니다.

"잘 잤니?"

그러자, 저도,

"잘 잤니?"

허고 안부를 묻습니다.

내가,

"잘 잤어!"

허고 답을 보내자,

저도,

"잘 잤어!"

허고 대답을 헙니다.

문의

퇴직이 가까워오니 사람들이 가끔
"앞으로 무얼 헐 거냐"고 묻는다.

걍,

한없이 걸어요.

늘,
그랬던 것
처럼.

다시, 봄날

봄날,
샘가 앵두나무 가지에
바람이 붑니다.

난, 밭둑에 우두커니 앉아
당신 생각을 허다가,

묵정밭에 보이는 냉이 몇 포길 캐어
집으로 돌아옵니다.

집 안엔
온통,
봄 냉이 향기가 가득헙니다.

당신이 오셨으면
좋겠어요,

이젠.

저 봄 냉이 향기가,
너무,
안타까워서요.

가을 뚱딴지꽃
—산책길에서

뚱딴지같이, 가을날 강가 언덕에 뚱딴지꽃이 피었습니다. 이렇게 서늘바람 불어오는데, 어쩌자구. 씨방이 여물기두 전에 된서리가 내릴 텐데.
아아. 그래. 결실이 아니라 사랑, 아직도 이렇게 혼자 강가를 서성이는 쓸쓸한 사람의 뚱딴지 같은 사랑을 위해,

사랑의 꽃은 한겨울
눈꽃으로도
피나니,

명년 봄엔 또다시
뚱딴지 같은 뚱딴지 새싹
싹트리니.

해 설

우리 것을 우리 식으로 읽으라는 「'구시포맛집' 여주인 왈」

호병탁(문학평론가, 시인)

1

나 원 참 이게 무슨 조화인지 모르겠다. 시집 발문을 쓰기로 했으면 즘잖허고 유식헌 말로 노가리나 까면 될 틴디 냅새 초장부터 판소리 사설조로 빠지고 있으니 허는 말이다. 그런디 요새는 내가 아는 체 잘난 체 글을 갈겨대다 보니 진짜 체할 것만 같기도 허구, 가뜩이나 짧은 밑천이 딸려 까딱허다가는 속곳까지 뒤집어져 진짜 밑천까지 보일 판이라. 노심초사 끝에 에라, 가을바람에 노루목 구름 걷히듯 시원헌 문장으로다 확 바꿔보자 맘먹게 되었던 것이렷다. 더군다나 시방 내가 쓰는 게 다른 사람두 아닌 김익두

글에 대한 평이것다. 그 냥반이 누구냐. 이론과 실제 양쪽으로다가 한국 최고로 알어주는 판소리 대가가 아닌가. 설사 나서 뒷간 드나들듯 자주 만나는 사이이고, 그렇게 서로 오래 지내다 보면 문체 같은 것도 비스름허게 닮아갈 수도 있지 않겠는가.

원래 이 냥반 글은 곰삭은 조개젓처럼 짭짤하고 쫄깃쫄깃헌 맛이 있다. 이번 시집에서도 더러 산문시들이 눈에 띄는디 그 곰삭은 맛이 꼭 판소리 한 자락 듣는 것 같다. 어차피 글에서 노래하는 '창'은 들을 수 없고 몸짓인 '발림'은 볼 수가 없다. 허여 사설에 눈길을 모으는 것은 절대 별쭝맞은 일이 아니렷다. 우선 작품 하나를 보자.

모기 팔자 기박허여 늘 내 피를 빨고 살려구 내 빈틈만 노리는 것을, 내 익히 알고 그 틈을 아니 주기 위해 여름만 오면 잔뜩 긴장을 허고 지냈으나, 결국 나두 사람인지라 그 틈틈마다 모기에게 여러 방울의 피를 헌납혀야 혔던 지난 날들이 있었습니다. 모기두 목숨인지라, 다 살려구 그러는 것이었습지요.

단지 후회가 되는 것은, 피를 빨리기 전에 모기를 쫓거나 이미 피를 다 빨 만큼 빨고 난 모기는 걍 보내 주었어야 혔는디, 그렇게 못헌 것입니다.

이미 내 피를 빨릴 만큼 다 빨린 다음에, 그걸 도루 가져올 수도 없는 판에, 왜 그걸 기양 보내 주질 않구 문을 닫구서 그걸 기연시 손바닥으루 쳐서 짓이겨, 바람벽이나 천

상이 다 시뻘건허게 내 피 칠을 허였는지, 그것이 후회가
될 뿐입니다.

　　그것두 목숨이라, 다 먹구살려구 그런 것인디.
　　　　　　　　　　　　　　　　　　　　　─「후회」 전문

　땀때기까지 따끔거리는 푹푹 찌는 여름밤, 싹바가지 읊
시 앵앵대는 모기 소리는 사람 참 심란허게 만드는 벱이다.
이놈은 무슨 수를 써서라도 피를 빨아먹고 살아야 한다. 저
보다 몇천 배 큰 남으 살 속에 침을 박고 피를 빨아대는 일
은 절대로 쉬운 일이 아닐 거다. 다 먹고살자고 하는 짓이
지만 이걸 보면 이놈도 드럽게 운수 사납고 복 없이 태어난
놈이다. 기박헌 팔자란 말이렷다.
　작품은 "모기 팔자 기박허여"로 시작한다. 단박에 우리
는 이 대목이 판소리 사설의 첫 부분이나 도긴개긴임을 알
아챈다. '흥보 팔자 기박허여'라고 창을 뽑기 시작하면 앞으
로 전개될 지지리도 복 없는 흥보가 당할 여러 일들을 넌지
시 일러주는 역할을 한다. 모기도 "내 피를 빨고 살려구 내
빈틈만" 노리고 있지만 인간이 몸땡이를 그냥 헤벌레 내주
지는 않는다. "틈을 아니 주기 위해" 사람도 "잔뜩 긴장을
허고" 모기와 쌈을 벌이게 마련인 것이다.
　어쩌다 귓가에 모기 소리가 앵 들리면 비호같이 귀싸대
기를 철썩 후려 갈긴다. 허나 먹구살라고 달라드는 놈이 만
만할 리가 없다. 모기는 날아가고 지가 때린 지 뺨만 얼얼

할 뿐이다. 잠자리 잡는 걸음으로다가 바람벽에 다가가 쳐 보아도 모기는 없고 손바닥만 아프다. 모기 잡는다고 뜬금 없이 휘둘레 휘둘레 미친놈 춤추듯 공중에 손을 휘둘러 쌌 지만 이는 애초부터 가망 없는 멍청한 짓거리일 뿐이다. 그 때마다 모기는 가볍게 아래로 쳐백히기도 하지만 어느 틈 에 마냥 위로 솟구치기도 한다. "결국"은 시인도 "여름만 오 면" 틈틈이 "모기에게 여러 방울의 피를 헌납혀야"만 하는 것이었다.

여기까지가 작품 첫째 연의 사설이다. 한마디로 모기에 게 피 빨리고 말았다는 얘기다. 모기 뜯겼으면 상황은 끝 이다. 그런데 시인은 이어지는 연에서 "이미 피를 다 빨 만 큼 빨고 난 모기는 걍 보내 주었어야 혔는디, 그렇게 못헌 것"을 후회하고 있다. 사연인즉 기어이 그것을 뒷북치며 잡 아 죽였다는 거다. "다 빨린" 피는 죽었다 깨나두 "그걸 도 루 가져올 수도 없는 판"인데도 기연시 문을 닫구서, "기연 시 손바닥으루 쳐서 짓이"기고, "바람벽이나 천장이 다 시 뻘건허게" 피칠을 허구 말았다는 거다. 괜스레 왜 그렸는 지 "그것이 후회가 될 뿐"이라고 그는 말하고 있다. 허기사 바람벽에 떡칠한 피는 누구 것인가. 모기 거? 천만에. 본 인 자신 거다.

글 처음대로 "팔자 기박"헌 놈이다. 살려고 피를 빨았지 만 쳐 죽임을 당하고 말았다. 산다는 짓이 죽을 짓이 되고 만 이 기맥힌 일이 있기 전, 그놈이 사는 모냥은 어쨌을가. 모기에 대한 생태를 들먹거리고 싶지는 않다. 당장 그날 비가 쏟아졌다 치자. 그러두 모기는 용케 빗속을 뚫고 피 빨러 방에 들어온다. 미친 짓 같지만 모기는 빗방울을 피하지 않고 부딪혀 버린다. 그 충격은 사람으로 치면 트럭에 정면으로다 헤딩하는 것과 같다. 그려서 모기는 빗방울에 붙어 함께 떨어진다. 땅바닥에 가까워지면 그때사 빗방울에서 떨어져 낙하산 원리로다가 날개와 다리를 넓게 펴 속도를 줄이고 다시 날기 시작헌다. 동양 무술의 '태극' 철학과 진배없다. 공격에 저항하지 않으면 상대의 타격을 그대로 흘려버릴 수 있다. 모기는 고단수 전략으로 이 무술 철학을 구현하며 빗속을 뚫고 온 것이다.

마침내 방에 날아오고 피까지 빨았다. 그러나 '쏟아지는 직선'으로 내지르다가도 끝에 가서는 '산뜻하고 부드러운 곡선'으로 돌아 비행하던 모기는 자기가 빤 사람 피의 무게로 동작이 둔해졌을 것이다. 자기 몸무게의 최대 6배까지 피를 빠는 모기는 결국 바람벽에 "시뻘건허게" 피 칠갑을 허구 생을 끝냈다. 기박헌 팔자라는 말이 맞다.

작품은 두 연으로 구성되어 있것다. 시인은 둘째 연이자 마지막 전체 연을 할애하여 모기를 향한 한마디 연민의 조사로 글을 마감한다. "그것두 목숨이라, 다 먹구살려구 그런 것인디". 이 짧은 발화 역시 판소리 창법 그대로렷다. 그런디 이 마지막 한마디 말에는 긴 여운이 있다.

산 것들이 안달하고 바지런 떠는 것은 다 지 목숨 부지헐라구 하는 짓거리다. 모기 같은 곤충은 머리, 가슴, 배로 몸뗑이가 나뉘어 있고 다리 6개 달린 동물이다. 이것들은 전체 동물의 4분의 3이나 차지할 만큼 그 수도 많고 종류도 많다. 또한 인간이 생기기 전부터 지구 위에 살았고 장담컨대 틀림없이 인간이 멸절한 후에도 살 것이다. 미물이지만 46억 년 연세가 된 하나뿐인 어머니 지구가 오랫동안 품어 살리신 것들이다.

어머니 지구는 모든 생명들이 녹색식물을 통해 햇볕을 서로 나눠 먹으며 살라고 말없이 가르쳤다. 송사리, 피라미, 파리, 잠자리, 오리, 닭, 소, 사람에 이르기까지 모든 동물은 소비자다. 식물을 먹고 사는 초식동물도, 그걸 잡아먹는 육식동물도, 또 그걸 잡아먹는 사나운 육식동물도 결국은 모두가 광합성을 통해 양분을 공급하는 녹색식물에 의존하고 있는 셈이다. 서로 공생하는 것이다. 물론 모기도 그중 하나다.

어린 우리덜이 씨잘디없이 작은 것들을 죽이려 들 때 '내비 둬라, 그것덜도 다 살자구 하는 짓인디' 허시던 옛 어르신들의 말씀이 예사로운 게 아니었음을 이 글을 읽으며 새삼 머리를 친다.

2

앞에서 나는 판소리를 들먹거려 가며, 평의 문체까지도 판소리 창법 비스무리하게 써가며 작품을 읽어내고자 했다. 나는 많은 평을 쓰며 문학에 종사하는 사람들이 문학적 영감과 어휘의 원천으로 판소리와 잦은 교감과 접촉을 갖고 있음을 주시하게 된다. 실제로 시와 산문에서 얼마나 많은 판소리 용어들이 비유, 수식, 형용 등의 다양한 형태로 눈에 띄고 있는가. 자진모리니 휘모리, 계면조니 진양조, 혹은 추임새, 수리성과 같은 전문용어도 자주 인용되고 또한 이런 말들은 이제 우리 귀에도 매우 익숙하다.

　민족예술의 정화라고 부를 수 있는 판소리는 다른 어떤 나라의 문학에서도 찾아볼 수 없는 독특한 특질이 있다. 크게 두 가지로 나누어본다면 우선 서양문학에서는 어디까지나 비극이면 비극이고 희극이면 희극이다. 그러나 한국의 판소리는 이 두 가지가 맞물려 되풀이되는 독특한 순환구조를 가지고 있다. 이원 대립의 갈등 구조가 아니다. 그것은 삭임의 과정을 거쳐 슬픔과 원망은 기쁨과 화해로 이어지고 이는 다시 반복된다. 이것은 건곤병진乾坤竝進이라는 주역의 해석과도 같아서 서구의 플롯 중심으로 규정하는 비극이나 희극이라는 개념으로는 논의되기가 힘든 것이다.

　다음으로는 연행에서 비롯된 판소리는 강한 '구술적 전통'을 가진다. 연행 현장의 창자는 단 한 번의 구연으로 그 의미를 맞대면하고 있는 청중에게 전달해야 한다. 이를 위해 판소리는 풍부하고 다채로운 표현 기법을 구사하게 된다. 전아하고 고상한 상층의 언어든 난잡하고 비속한 하층의 언어든 가리지 않고 수용한다. 기본적으로 어떤 편향성도 없이 모든 이질적 언어 조직을 무차별적으로 수용하는 것이다.

이처럼 다른 나라에서는 그 유례를 볼 수 없는 특질을 가진 판소리에는 우리 민족만의 특유의 정서 또한 녹아들어 있다. 예로 판소리에 나타나는 근원적 민족 미의식의 하나인 '한'도 서구의 사고와는 다르다. 우리에게 '한'은 슬픔, 원망, 분노의 감정뿐이 아니라 체념, 용서, 화해의 감정까지 포함된다. 그것은 갚고 풀어야 할 대상이 아니라 '삭임'을 통해 멋과 여유로 승화되는 대상이 된다.

나는 이런 고유한 특질과 정서가 담긴 우리 작품에 상징주의니 구조주의니 심리주의 같은 서구 문학이론을 대입하여 해석하려는 것은 뭔가 잘못된 것이 아닌가 하는 생각을 해왔다. 특히 김익두의 사설조 산문시 같은 경우, 자기가 선호하는, 혹은 전공한 이론이라 해서 무데뽀로 그것을 도입해 작품을 읽어내려 한다면 자칫 양복 위에 갓을 씌우는 꼴이 되기 십상이라는 생각이다. 우리의 것을 우리 식으로 읽을 수는 없는가.

시인은 판소리 연구의 대가다. 그에게 나는 혹 '젓갈 가게를 기웃거리는 중'같이 보일지도 모르겠다. 그럼에도 이 기회를 통해 내 평소의 생각대로 판소리의 특질과 정서를 통한 작품 읽기를 써보고자 한다. 작품 하나 더 보며 논의를 계속하자.

유례가 없다는 무술년 폭염을 피해 따개 성님과 겐돈소바집 소바 한 그릇씩을 먹구 강바람이나 쐬자 허구 만경강 강둑길을 따라 차를 몰다가, 차가 가자는 대로 몸을 맡겼드니, 차는 고창군 "싱하면 '삼시세끼' 촬영지 시인 진동규 선배님 댁에 도착을 허여버리고 말았습니다.

진 선배님 댁으서 정읍 송씨막걸리 두어 병 따구서, 선배님 세 번째 시집 제목『구시포 노랑 모시조개』인가 허는 그 해변으루 나가, 바닷바람에 풍천 장어에 복분자술을 사 모님께 거나허게 으더먹구서, 진 선배님 부부는 그 '삼시세끼' 집으루 돌아가시구, 따개 성님과 난 주먹구이집으루 가설랑 소주 병 반을 더 따 마시구, 반병은 들구서 사만 원짜리 여인숙으로 들어가 즘잔헌 말루 '여장'을 풀었습니다.

헌데, 저는 아침둥이라서 아침 다섯 시에 혼자 먼저 일어나 바닷가로 나가 '저 푸른 물결 왜에치이는―' 유식헌 가곡 한 곡조를 용필이 성님 조로 피 나게 목구성을 꽈악 쪼여가며 한바탕 뽑구서, 밀물 지어 들어오는 바닷물 귀경을 좀 허다가, 여인숙으로 들어와 곯아떨어진 성님을 깨워 해장을 허러 들른 곳은 그 예의 '구시포맛집'이었습니다.

육천 원짜리 아침 해장국용 백반을 시켜 먹구 있는디, 이 집 여주인이 우리 있는 데루 다가와설랑 시키지두 않헌 말씀을 시작허여 왈, "전에 할머니 세 분이 먹을 것도 쬐끔씩 싸서들 들구 이곳으로 놀러 와 왈, '새끼들도 다 키우구 이제 떠날 때가 되닝개루, 세상 너무 거시기혀서 셋이 이리루 놀러 왔다'며, 싸 가지고 온 것들 다 풀어놓구 밤새워 얘기들을 허며 지내다 가셨는디, 가신 뒤에 생각해 보닝개루 맴이 짜안 허더라고요".

이 말씀이 끝난 뒤에 잠시 저만큼 왔다 갔다 허다가, 이

여주인 다시 우리 앉은 데루 가가와 또 한 사례를 더 첨언
허여 왈, "한번은 또 꽤나 성공들을 혀서 잘들 사신다는 남
자분 셋이 오셨는디, '갑자기 친구들이 자꾸 죽어서 이러다
우리 못 보겠다 싶어 되는 대로 연락을 해서 되는 대로 훌
쩍 떠나왔다'며 '이게 우리 마지막 여행일지도 모른다'고 허
더먼유. 가시고 난 뒤에 또 생각해 보닝개루, 맴이 또 짜안
허더라고요".

우리 왈, "우리도 어제 점심 먹구 나서 갑째기 강바렘이
나 좀 쐬자 허다가 걍, 여그꺼정 왔어라우".

따개 성님이 주머니에서 꼬깃꼬깃 아끼던 그 맛깔스런 원
고료 세종대왕님 종이돈을 끄내서 아침밥값을 주는 동안,
나는 예의 그 구시포맛집 여주인 아줌마가 뽑아다 준 양촌
커피를 짜안해진 맴으루다가 홀짝홀짝 마시구 있었습니다.

등 뒤에선, 몰래 집 안으로 스며들어 온 여름 베짱이 한
마리가 '삐이-ㅅ 쩍, 삐이-ㅅ 쩌억' 허구 울고 있었습니다.
입추가 오기 이틀 전날 여름, 평균 온도가 39도를 밀고 있던
어제, 그래도 조금은 씨원헌 구시포 바닷바람서껀 물김 냉
국서껀 고창 복분자에 풍천 장어구이에 정읍 송가네 막걸리
를 첨음헌 다음 날 아침 오늘, 구시포맛집 여주인 그 말씀.

우리가 떠나면 저 구시포맛집 여주인 아줌마 맴이 또 더
짜안헐랑가.

그 뒤야 뉘가 알리. 더질 더어지일.

— 「'구시포맛집' 여주인 왈」 전문

위 작품은 이느 무더운 여름날 시원한 냉소바로 점심이나 하자고 만난 두 사람이 어쩌다 구시포까지 가서 아예 하룻밤을 자고 온다는 게 얘기의 골격이다.

점심 후 화자는 "강바람이나 쐬자 허구" "만경강 강둑길을 따라" 차를 몬다. 그러다 결국 차는 "고창군 상하면" "진동규 선배님 댁에 도착"하고 만다. 시의 첫 행이다. 예고도 없이 들이닥친 두 사람을 선배는 우선 "막걸리 두어 병"으로 맞이하고 "구시포" 해변까지 끌고 나가 뱀장어 안주로 "거나허게" 대접을 한다. 취한 두 사람은 돌아오는 걸 포기하고 그곳에서 아예 한잔 더 하고 "사만 원짜리 여인숙"에서 하룻밤 묵고 만다. 시의 둘째 행이다.

두 행을 통해 등장하는 세 사람은 좋게 말하자면 참 무던한 사람들이고 나쁘게 말하자면 소갈머리 없는 사람들이다. 화자는 점심 끝냈으면 헤어질 일이지 무슨 강바람 쐰다고 강둑길을 달리는가. 또 바람을 쐬더라도 만경강 끝 김제 청하쯤에서는 차를 돌릴 일이지 "차가 가자는 대로"를 핑계 대고 마냥 남쪽으로 달려간단 말인가. 소갈머리 없기로는 조수석의 "따개 성님"도 마찬가지다. 시원한 소바 한 그릇 얻어먹었으면 됐지 차가 수백 리 길을 남으로 꺾어 달려도 소가지 부리기는커녕 돌아가자는 말 한마디 없이 헬렐레하고 있단 말인가. '삼시세끼' 동규 성님은 한 수 위다. 느닷없이 쳐들어온 아우들에게 "막걸리 두어 병" 안겼으면 끝낼 일이지 어찌 해변까지 데리고 나가 "풍천 장어에 복분자술"로 칙사 대접을 한단 말인가. 화자나 따개 성님이나 사양을

149

할 인간들이 절대 아니다. "거나허게" 취할 때까지 "으더먹구"만다. 음주운전으로 되돌아갈 수 없는 건 뻔하다. '멕이는 사람'이나 그걸 덥석덥석 '받아먹는 사람'이나 소갈머리 없기는 매한가지다. 그러나 우리는 이들 세 사람의 품성이 매우 따뜻하고 수더분하다는 것을 짐작한다. 또한 이들의 소갈머리 없는 행동도 눈을 찌푸리게 하는 게 아니라 저절로 웃음을 베어 물게 한다.

화자는 "차가 가자는 대로 몸을 맡겼드니" 고창까지 가게 되었다고 말한다. 자신의 의지와는 무관하다는 소리다. 그러나 차는 무조건 운전대 잡은 사람이 "가자는 대로" 가는 법이다. 해학이다.

또한 화자는 결국 취하고 만 둘이 소주 "병 반을 더 따 마시구, 반병은 들구서" 여인숙에 들어가 '여장'을 풀었다고 말한다. 개뿔이나 여장은 무슨 여장? 이 말은 길 떠나기 위한 특별한 차림이나 준비물 등을 말할 것이다. 옷차림도 소지품도 점심 먹던 때의 것 그대로다. 화자도 면괴스러운지 "즘잔헌 말루 '여장'을 풀었"다고 말한다. 굳이 여장을 풀었다고 해야 한다면 그것은 마시다 남은 '소주 반병'뿐이 아닌가. 웃음이 터져 나온다.

3

셋째 행부터는 이튿날 아침에 벌어진 얘기다. 화자는 습

관 대로 "아침 다섯 시에" 일찍 일어난다. 바닷가로 나가 밀물을 구경하고 노래까지 한 곡조 뽑는다. 물론 따개 성님은 아직 "곯아떨어"져 있다. 한 사람은 밖에 나가 노래를 뽑고 한 사람은 안에 퍼져 누워있는 정황이 우스꽝스럽다. 확실히 둘 다 까탈스럽지 않고 무던한 사람들임에는 틀림없다. 화자는 돌아와 "성님을 깨워 해장을 허러" 여인숙 옆 "구시포맛집"으로 간다.

넷째 행에서는 육천 원짜리 해장국을 먹고 있는 두 사람에게 여인숙 겸 식당 주인이기도 한 아줌마가 다가와 "시키지두 않헌 말씀을 시작"한다. "전에 할머니 세 분이 먹을 것도 쬐끔씩 싸서들 들구 이곳으로 놀러 와" "밤새워 얘기들을 허며 지내다 가셨는디, 가신 뒤에 생각해 보닝개루 맴이 짜안 허더라"는 얘기다. 그분들은 이제 정말 이승을 "떠날 때가" 가까워진 것이다.

다섯째 행에서 여주인은 또 한마디 덧붙인다. 한 번은 성공해서 잘들 산다는 남자 셋이 왔는데 해마다 "친구들이 자꾸 죽어서 이러다 우리 못 보겠다 싶어 되는 대로 연락을 해서 되는 대로 훌쩍 떠나왔다"고 하더라는 것이다. "이게 우리 마지막 여행일지도 모른다"며 떠난 그 손님들을 생각하니 "맴이 또 짜안 허더라"는 얘기다. 손님의 뒷모습에서 짠한 마음을 느끼는 여주인도 참 가슴이 따뜻한 사람이다.

여주인 말씀에 두 사람이 무슨 특별난 대답을 할 수 있단 말인가. "우리도 어제 점심 먹구 나서 갑째기 강바렘이나 좀 쐬자 허다가 걍, 여그꺼정 왔어라우"가 고작이다. 이

대답이 여섯째 행 전문이다. "되는 대로 훌쩍 떠나"온 남자 손님들의 정황과도 흡사하다. 이어지는 행에서 성님은 원고료로 받은 "꼬깃꼬깃 아끼던" 돈을 꺼내 밥값을 내고 화자는 양촌 커피를 "짜안해진 맴으루" 홀짝거리고 있을 뿐이다. 모두가 말이 없다. 심각해진 분위기다.

폭염이었지만 어제는 그래도 "조금은 씨원헌" "바닷바람"을 쐬며 장어구이에 복분자술로 즐겁게 취했다. 허나 오늘 아침 "구시포맛집 여주인 그 말씀"을 듣고 나니 '덧없기만 한 인생'을 느끼게 되고 짠한 마음만 가득하다. 첫 연의 여덟 번째 행이자 마지막 행이다.

둘째 연은 아주 짧다. "우리가 떠나면 저 구시포맛집 여주인 아줌마 맴이 또 더 짜안헐랑가"라고 스스로에게 묻고 있지만 "그 뒤야 뉘가 알리. 더질 더어지일"로 작품은 끝이 나고 만다. 긴 사설의 첫째 연에 비해 싱거울 정도의 짧은 발화다. 그러나 이 발화는 긴 여운을 남긴다.

실상 여주인은 늦은 아침을 먹고 있는 두 사람의 모습에서 "떠날 때가" 다 되었다는 할머니 손님과 "마지막 여행"이 될지도 모른다는 남자 손님들을 떠올린 것이다. 간밤에는 조금 시끄러웠겠지만 그래도 '살아서' 함께 놀고 마시는 두 사람이 보기 좋았을 것이다. 지난번에 찾아온 남자 손님은 세 명이었지만 그들도 그 전에는 다섯쯤 되었을 것이다. 오지 못한 두 친구는 이제 이 세상 사람이 아닌 것이다.

'생자필멸'이다. 인간을 포함한 생명이 있는 모든 것들은 반드시 죽고 만다. 친구든 가족이든 애인이든 언젠가는 결국 헤어져야만 한다. 위 얘기는 사건이랄 것도 없다. 그러나 함께 오던 친구의 숫자가 해마다 줄어들어 마음이 짠했다는 여관집 안주인의 말은 우리의 마음도 짠하게 한다. 가깝던 친구 먼저 보내고 뒤에 남은 사람의 그 허전한 심사가 새삼 아프게 다가온다. 우리도 친구의 숫자는 자꾸 줄어들 것이다. 당장 아침을 함께 먹은 두 사람도 언젠가 한 명은 허전한 사람이 되고 말 것이다. 결국은 둘 다 사라지고 말겠지만.

우리 두 사람의 뒷모습에서 여주인의 마음은 또 짠해질지도 모른다. 아마 틀림없이 그럴 것이다. 그러나 그러면 어떻고 안 그러면 어떠랴. 안주인은 '회자정리'라는 너무나 당연한 이치를 말해 준 것뿐이다. 생각해 보면 안주인의 '평범한' 말은 어떤 철학자의 말씀 못지않은 '비범한' 말이기도 하다. 언젠가 헤어질 상대지만 그래도 '만날 수 있을 때' 자주 만나 재미있게 지내야 한다. 그러기 위해서는 반갑고 즐거운 상대가 되어야 한다. 하기야 서로 좋으니까 점심 자리에서 느닷없이 여기까지 온 게 아닌가. 이게 어거지로 될 일인가. 같은 돌이지만 길바닥의 돌은 걸림돌이 되고 냇물에 놓인 돌은 디딤돌이 된다. 그러면 됐다. 하찮은 돌이지만 서로에게 디딤돌이 되어 살면 그뿐이다. "그 뒤야 뉘가 알리. 더질더질"

153

4

"더질 더어지일"은 판소리에서 창자가 '내 소리는 끝났다' 는 의미로 붙이는 종지형 어구다. 뒷얘기는 청자들이 알아서 생각하라는 말이 된다. 이로서 위 작품 읽기는 대충 완료된 것 같다. 그러나 앞서 언급한 판소리의 특질과 정서를 통한 작품 읽기는 이제 시작이다.

긴 편의 산문시지만 작품은 단 두 연으로 구성되어 있다. 여덟 개의 행으로 이루어진 첫 연은 그야말로 사설조로 작품을 길게 만들고 있다. 예정 없이 구시포까지 가서 하룻밤 자고 왔다는 게 사건의 전모지만 첫 연의 둘째 행까지는 여인숙 '들어가기 전'까지의 얘기고 이어지는 행들은 그 이튿날 아침 '나온 후'에 벌어지는 얘기다. 한 연 속에 두 상황이 뭉뚱그려 있는 것이다. 그러나 그 국면은 매우 다르다.

세 사람의 이런저런 소갈머리 없는 행동거지를 통해 첫째 국면은 웃음이 질펀하다. 그러나 마음 짠한 여주인의 말을 통해 둘째 국면에서는 덧없는 생의 비애가 가슴을 적시게 한다. 이미 그들의 여러 행동과 대화는 상술했으므로 생략한다. 그러나 우리는 이 판이한 두 가지 국면에서 희극이 비극과 그대로 맞물리는 판소리의 순환구조를 즉각 알아차리게 된다.

시인은 이 작품에서 동일한 시공에서 맞대면하고 있는 창자와 청자 사이의 간격을 최소화하기 위한 판소리 특유의 구술 장치를 다방면으로 채택하고 있다. 물론 이를 위해 직

정적인 토속 어휘와 걸쭉한 남도 사투리도 다채롭게 동원한
다. 마치 바로 앞에 앉아있는 독자에게 자신의 이야기를 들
려주듯 글을 쓰고 있는 것이다.

여기에서 가장 중요한 것은 현장성과 구체성이 될 것이
다. 작품은 '어느 무더운 여름날 성님과 점심을 하고 바람
이나 쐬자고 나선 것이 어쩌다 고창 시인 선배 집까지 가
게 되었다'는 얘기로 시작된다. 작품 초입의 서사는 이게
전부다.

그러나 '무더운 여름날'은 "무술년 폭염"의 날로 구체화되
고, 이는 다시 작품 뒤에서 "입추가 오기 이틀 전날 여름, 평
균 온도가 39도를 밀고 있던" 날이라고 한층 더 구체화된다.
함께 점심을 한 성님은 얼마나 술병을 잘 따는지 "따개"라
는 별호를 가지고 있다. 식당 이름은 "겐돈소바집"이고 먹
은 음식은 "소바 한 그릇"이다. 그럼 "한 그릇씩" 먹지 두 그
릇씩 먹나? '성님과 점심'을 했다는 한마디가 이렇게 구체
화되고 있다.

바람이나 쐬자고 차를 달린 길은 "만경강 강둑길"이다.
그리고 "차가 가자는 대로 몸을 맡겼드니" 차는 "고창군 상
하면 '삼시세끼' 촬영지 시인 진동규 선배님 댁에 도착"해
버리고 만다. 차가 달린 길과 그 방법이 구체적으로 소개되
고 있다. 또한 시인의 실명, 집 소재지는 물론 그곳에서 일
어났던 얘기까지 진술되며 "선배님 댁"을 수식하고 있다.

당연히 점심 먹은 식당 이름, 그 음식, 또한 차가 달린 길
그리고 선배 집에 대한 설명은 사건의 구체화뿐 아니라 우

리가 바로 그곳에 있는 것 같은 강한 현장감을 발생시킨다. 이는 고창 도착 이후에도 계속된다. 선배가 내놓은 막걸리는 그냥 막걸리가 아니다. "정읍 송씨막걸리"다. 함께 나간 구시포 해변은 그냥 해변이 아니다. 시인의 "시집 제목『구시포 노랑 모시조개』인가 허는" 해변이다. 게다가 그 시집은 "세 번째"다. 술 마실 게 뻔한 양반을 위해 사모님이 운전하고 나오신 모양이다. 그분께 "풍천 장어에 복분자술"까지 얻어먹는다. 부부가 집에 돌아간 후 두 사람은 한잔 더 한다. 술집 이름은 "주먹구이집"이고 마신 양은 "소주 병 반"이다. 남은 "반병은" 여인숙으로 가지고 들어온다. 여인숙 요금은 하룻밤 "사만 원짜리"다.

막걸리 상표 이름이 나오고 시집 이름이 나온다. 해변에서 마신 향토 술과 안주 이름이 나온다. 이 차의 술집 이름도 나오고 마신 소주의 양과 남아 들고 들어온 양도 나온다. 여인숙 요금까지 정확하게 나온다. 구체성과 사실성이 최대한 확장되고 있음을 알 수 있다.

판소리에서 인물이 등장하면 으레 그 인물의 복식치례나 인물치례가 장황하게 펼쳐지게 마련인데 바로 위의 구체적인 여러 수식어들은 이런 경우와 매우 흡사하다. 서사의 핍진성이나 유기성의 시각에서 본다 해도 좀 지나치다 할 정도이지만 판소리 미학에서 이런 수식들은 필요불가결한 요소다. 판소리에서 공연 현장의 창자는 이야기를 진행시키기 위해 서술 대상에 대해 온갖 정보를 진술해야 하고 평가적 발화도 수행해야 한다. 이때 창자는 단 한 번의 발화로 그 말의 의미를 청중에게 신달해야만 한다. 이를 위해 위와 같은 판소리 특유의 구술 장치가 채택되는 것이다. 한 예로, 춘향전의 기명·가효 사설에서 육해공의 모든 요리와 그것을 담은 온갖 그릇이 상세하게 망라된다. 청자들은 이런 갖가지 기명과 음식 이름을 듣는 중에 월매의 손님 대접이 얼마나 융숭한지, 딸에 대한 사랑이 얼마나 극진한지 저절로 알아차리게 된다. 즉 월매의 지극한 마음을 정확하게 이해할 수 있는 것이다. 또한 중요한 것은 이런 장치를 통해 청자들이 커다란 '정서적 감흥'을 느끼게 된다는 점이다.

5

지금까지 현장성과 구체성이 어떻게 글에서 전개되고 있는지 여인숙에 '들어가기 전'까지의 상황을 중심으로 살펴보았다. 이런 글쓰기 방식은 여인숙에서 '나온 후'의 상황에서도 그대로 계속된다. 지면 관계상 이런 '구체화'에 대해서는 이 정도로 마치기로 하고 대신 두 번째 상황에서 나타나는 판소리 특유의 또 다른 구술 장치를 본다.

창자는 작품 속의 인물들이 처한 정황을 최대한 생생하게 묘사하려고 한다. 따라서 그 인물의 심리 속에까지 빠져 들어가 발화하려 노력한다. 이를 위해 직정적이고 생동감 넘치는 언어를 동원하는 것은 당연하다. 즉 토속어, 방언, 시늉말들이 종횡무진 사용되는 것이다. 물론 점잖은 말도 상스런 말도 무차별적으로 수용된다.

화자는 아침 일찍 일어나 바닷가로 나가 "푸른 물결 왜 에치이는"으로 시작되는 "유식헌" 노래를 "피 나게" 목구성을 "꽈악 쪼여가며" "한 곡조" 빼고서 바닷물 "귀경을 좀 허다가" 여인숙으로 들어와 "곯아떨어진" 성님을 깨워 해장을 "허러" 간다. 이 짤막한 상황 묘사에서도 토속어, 사투리, 시늉말이 다 들어있다.

'마음'은 '맴'으로, '강바람'은 '강바렘'으로, '와서는'은 '와설랑'으로, '조금씩'은 '쪼끔씩'으로, '되니까, 보니까'는 '되닝개루, 보닝개루'로, '가셨는데, 오셨는데'는 '가셨는디, 오셨는디'로, '여기까지'는 '여그꺼정'으로, '갑자기'는 '갑째기'로, '그냥'은 '걍'으로, '시원한'은 '씨원헌'으로, '섞은'은 '서껀'으로 모든 품사를 가리지 않고 토속어와 사투리가 그대로 동원되고 있다. 물론 '하더구면요'를 말하는 '허더먼유', '할까'를 말하는 '헐랑가' 같은 종지형도 마찬가지다.

"한 사례를 더 첨언허여 왈"은 매우 점잖고 유식한 말이다. '사례事例'는 어떤 일의 전례나 실례를 뜻하고, '첨언添言'은 말을 보탠다는 뜻이고, 불완전자동사 '왈曰'은 '가로되' '가라사대'를 뜻하는 말로 상당히 전아한 언어라고 할 수 있다. "막걸리를 첨음헌 다음 날"에서 '첨음添飮'도 엄청 유식한 말이다. 한자로 풀이하자면 '또 다른 술을 마셨다'는 뜻이 될 것이다. 그러나 이런 점잖은 말도 등장하지만 "새끼들"과 같은 상소리도 나타난다. 이 말은 '자식들'을 지칭하는 비어卑語에 다름 아니다. 원래 '새끼'는 난 지 얼마 안 되는 동물의 어린 것을 말하지만 일상에서는 흔히 '―하는 새끼' 식으로 욕하는 말로 사용되고 있음은 주지하는 바다. 또한 오만 원권을 의미하는 '세종대왕님 종이돈'이나, 종이컵으로 뽑아 먹는 달고 고소한 커피를 일컫는 '양촌 커피' 또한 일상의 속어로 유식하고 점잖은 말과는 거리가 멀다.

「문상─거시기 혹은 거세기」에서의 '거시기'가 특별히 눈에 띈다. 이 말도 유식한 말은 절대 아니다. '거시기渠是基'는 '미정지사未定之辭', 즉 '아직 무엇이라고 정해지지 않은 말'의 뜻으로 오백 년 훨씬 전부터 사용한 말*이지만 서로 대척점에 위치한 뜻까지 싸잡아 표현하는 '속어'나 진배없다. '참 거시기하다'고 말한다면 '참 좋다'는 뜻도 되고 '참 나쁘다'는 뜻도 된다. 더 나아가 '많다'는 뜻도 '적다'는 뜻도, '높다'는 뜻도 '낮다'는 뜻도 된다. 아니, 형용과 수식어로 어떤 경우에도 사용될 수 있는 전 세계에 유일무이한 단 하나의 어휘다. 시인은 아예 '거시기 타령'이란 부제가 붙은 작품을 보여 주고 있다.

"죽음 앞에, 자주 못 보던 지인들이 오랜만에들 겁나게 거시기허게 모였습니다. 제아무리 잘나도 거시기만큼은 슬그머니 다 같이 인정허는 분위기입니다./ 허나, 허는 소리를 듣고 모여 앉은 대형을 본다 치면, 여전히 끼리끼리만 모여 여전히 거시기허게 답답한 패거리 소리들만을 수군거리구 있습니다. 어차피 거시기허면 다 거시기허는 줄은 눈앞에서 번연히 다 거시기허면서두, 허는 짓은 여전히 다들 거

---

* '渠是基 方言東西未政之辭也', 1519년경 송세림의 「모로쇠전(毛老金傳)」에 나오는 '거시기'를 설명하는 저자의 주석.

시기헙니다."(「문상—거시기 혹은 거세기」).

"거시기허게" 모였다는 말은 '많이' 모였다는 뜻에 틀림없
다. "제아무리 잘나도 거시기만큼은 슬그머니 다 같이 인정
허는 분위기"는 앞뒤 문맥으로 보아 '죽음 앞에서만큼은' 다
같이 '엄숙해지는 분위기'로 읽혀지게 된다. 그러나 다른 뜻
을 함축할 수도 있다. "거시기허게 답답한 패거리 소리"는
'끼리끼리 모여 수군대는' 소리가 될 것이고, "어차피 거시
기허면 다 거시기"한다는 말은 '죽으면 모두가 끝나버린다'
라는 말이다. "눈앞에서 번연히 다 거시기허면서두"는 뻔히
'알면서도'를 의미하고 "허는 짓은 여전히 다들 거시기"하다
는 것은 하는 짓거리가 '틀려먹었다'는 말이 될 것이다. 이
처럼 '거시기'라는 말은 경우에 따라 종횡무진 그 뜻이 바뀌
는 세상에 하나밖에 없는 어휘다.

6

여실한 감정과 정서를 표출하기 위해 판소리에서는 시늉
말이 빈번하게 사용된다. 이날 아침 화자는 바닷가에 나가
목구성을 "꽈악" 쪼여가며 한 곡조 뽑았다. 전에 놀러온 남
자 손님들은 되는 대로 "훌쩍" 떠나왔다고 한다. 따개 성님
은 "꼬깃꼬깃" 아끼던 지폐를 끄집어내고, 화자는 "홀짝홀
짝" 양촌 커피를 마셨다. 이런 의성어, 의태어들은 율문의
정서 또한 강하게 환기시킨다.

'이면'이라는 말이 있다. '이면 찾다가 소리 못한다'는 말도 있을 정도로 중요한 의미를 가진 판소리의 전문적 용어다. '사실성(reality)'을 의미하는 이 말은 주로 시늉말로 표현된다. 예로 춘향의 추천 장면에서도 '펄펄' '실근실근' '흔들흔들' '어질어질'과 같은 말들이 동원되고 있다. 이때 창자는 사실성의 극대화를 위해 높은 음과 낮은 음을 섞기도 하고, 길게 늘여 빼는 식으로 발화하기도 한다.

위 글에서 베짱이 한 마리가 "삐이-ㅅ 쩍, 삐이-ㅅ 쩌억" 하고 울고 있는데 이 생생한 울음소리는 높고 낮은 음계 차이로 더욱 실감나는 소리를 만드는 경우가 될 것이다. 즉 "삐이-ㅅ"은 높게 "쩍"은 낮게 음의 차이를 두는 것이다. 또한 "삐이-ㅅ"은 늘어지는 소리고 "쩍"은 채는 소리다. 이에 더해 창자는 '속목(細聲)' 즉 가성을 섞어서 이 소리를 흉내 냈을 것이다. 물론 베짱이 소리는 인간의 음성과는 다르다. 따라서 가능한 사실성을 최대한 살리기 위해서 가성까지 섞어 발화하게 되는 것이다.

우리는 화자가 바닷가에 나가 한 곡조 뽑을 때도 "저 푸른 물결 왜에치이는-"이라고 소리를 늘여 빼고 있음을 본다. 앞에서와 마찬가지로 판소리 창자라면 이 구절을 발화할 때 음정의 고저와 박자의 장단은 물론 음성까지 바꿔 정말 조용필이 노래하는 것처럼 뽑아댔을 것이다. 이런 모든 것은 '이면', 즉 우리가 일상생활에서 체험한 현실을 최대한 '사실적'으로 재생하기 위한 장치다.

판소리에서는 기본적 발성을 바탕으로 음절 안에서 음정

의 급격한 변화를 일으키는 드는 목, 찌르는 목, 채는 목, 휘는 목, 감는 목, 방울 목 등을 만들고, 다시 이런 기법을 배합하여 꺾은 목, 제친 목, 구르는 목, 던지는 목, 퍼버리는 목 등의 장식음을 만들어낸다. 이런 장치를 이 글에 적용한다면 아마도 베짱이 소리의 시늉말은 '찌르는 목'과 '채는 목'이 채택되었을 것이다. 이처럼 세부적인 데 이르기까지 판소리 예술의 '이면', 즉 사실성을 추구하고 있는 것을 볼 때 우리는 그 철저한 미학적 추구에 놀라지 않을 수 없다.

7

지금까지 판소리의 두 가지 독특한 특질, 즉 웃음과 슬픔이 맞물리는 순환구조와 '구술 전통'에 의한 다양한 표현 기법을 중심으로 작품을 읽어보았다. 특히 후자에 있어서의 싱싱하고 다채로운 언어 수용은 주목할 만한 것이었다. 여기서 시집 도처에서 나타나는, 절대로 그냥 지나칠 수만은 없는 어휘들이 있다. 우선 작가에 의해 쌓인 먼지를 털고 반짝이고 있는 그 어휘들을 일부 소개한다.

'개울물'은 '깨골창'으로(『동진강가, 어느 봄날』), '저것들'은 '쟈들'로, '놈'은 '뇜'으로(『봄날』), '그러니까'는 '그렁개'로(『문상』), '해 질 녘'은 '해지람판'으로(『해는 뉘엿뉘엿』), '부터'는 '버텀'으로(『ㅂ달 드셔유』), '얼마나'는 '월매나'로(『치명적인 실수』) 표기되고 있다. 얼마나 우리의 정서를 때리는 정겨운 말들인가.

특히 '깨골창'이나 '해지람판'과 같은 말은 참으로 모처럼 만나 반갑기가 그지없다. 먼지 속에 묻혀 있던 이런 귀한 언어를 끄집어내어 구사하는 작가에게 경의를 표하고 싶다.

한 가지 첨언하자면 "그것두 목숨이라, 다 먹구살려구 그런 것인디"(「후회」)와 같은 말은 전통적 언어 자원으로 공유되는 우리 귀에 익숙한 일종의 '선행담화'다. 이런 말은 속담·격언처럼 독자들의 '재고반응'에 호소함으로써 발화되는 순간 즉각적 이해와 미학적 공감을 획득하게 된다. 판소리에서는 속담, 민요, 시조 같은 이런 선행담화들 역시 생동감 넘치는 수식구로 일부 또는 전부가 견인되고 있다.

산문시 두 편만을 읽은 셈이다. 그나마 판소리의 구술 전통과 그 장치를 제대로 읽어내려다 보니 「구시포맛집' 여주인 왈」한 작품에만 안광을 집중하고 만 셈이 되고 말았다. 그럼에도 이 한 편의 사설조 산문시를 통해서도 우리는 얼마나 다양한 언어들이—그것이 상층 언어든 하층 언어든, 토속어·사투리든 시늉말이든—구체성과 사실성을 위해 복무하고 있는지 주지하게 된다. 한마디로 어떤 편향성도 없이 온갖 언어가 가리지 않고 수용되고 있는 것이다.

이 글 앞부분에서 판소리의 전문용어 자체까지도 무척이나 우리의 정서에 부합되고 있어 문학적 영감과 어휘의 원천으로 문인들도 즐겨 사용하고 있다고 언급한 바 있다. '휘모리' 같은 말은 이미 어감에서 '휘몰아' 가는 느낌을 주지 않는가.

소리의 운영은 음악적 율동의 완급을 나타내는 진양, 중

머리, 중중머리, 엇중머리, 엇머리, 잦은모리, 휘모리 등
다양한 장단으로 진행된다. 게다가 같은 장단이라도 문학
적 사설의 내용에 따라 평조, 우조, 계면조로 부르기도 하
고, 분위기를 살리기 위해 '더늠'이라 불리는 설렁제니 경두
름이니 중고제니 하는 특수한 창법까지도 등장시킨다. 더
구나 '단청丹靑' 또는 '가꾸녁질'이라 부르는 장식음이 발성
기법으로 더해진다. 앞서 음절 안에서 음정의 급격한 변화
를 일으키는 찌르는 목, 채는 목 등과 이를 배합한 던지는
목, 퍼버리는 목 등을 잠깐 언급한 바 있다. 실은 여기서 끝
이 아니다. 이는 또다시 한 음절뿐 아니라 여러 음절에 걸
쳐 장식음을 만들어내는 경우도 있는데, 기지개를 켜듯 소
리 내는 '기지개 목', 연鳶이 하늘에 나는 듯한 '소리개 목',
들어서 휘는 '무지개 목'까지 만들어낸다. 단언컨대 세상의
어떤 규범적 예술 기법도 도저히 이런 판소리 미학을 따라
갈 수는 없다.

김익두는 이런 갖가지 판소리 특유의 장치를 꿰뚫어 보고
있다. 그리고 이를 다양한 방식으로 자신의 작품에 수용하
고 있다. 그렇다면 우리도 그의 작품에 우리 미학을 적용시
켜 읽어내야 한다. 내 집 노새가 옆집 말보다 낫다.

값진 시간이었다. 김 감사 덕에 호 비장이 호사했다.